智元微库
OPEN MIND

成长也是一种美好

如果心中没有希望，

那么哪里都不是理想的抛锚地。

成功并不像想象中那样难。因为我们不敢做，它才变得难起来。

有些人把梦想变为现实，有些人把现实变成了梦想。

优秀的阅读是有力量的，因为在阅读的时候，你不是一个人，而是正在和古今中外的先驱们并行。

一个人就像一粒种子，天生就有发芽的欲望。哪怕在地下埋藏千年，哪怕到太空遨游过百圈，哪怕被冰雪封盖，哪怕经过了鸟禽消化液的浸泡，哪怕被风刀霜剑连续宰杀，只要那宝贵的胚芽还在，一到时机成熟，它就会在阳光下探出头来，绽开勃勃的生机。

每一株花最初都是草。每一棵草最后都会开出花。

去看看远方，
趁星辰还亮

毕淑敏 著

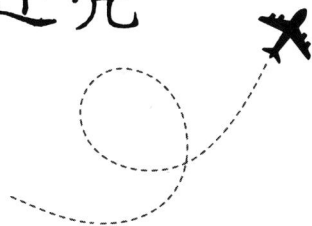

人民邮电出版社

北京

图书在版编目（CIP）数据

去看看远方，趁星辰还亮 / 毕淑敏著 . -- 北京 ：
人民邮电出版社，2024. -- ISBN 978-7-115-65116-7

Ⅰ . I267

中国国家版本馆 CIP 数据核字第 2024US3751 号

◆ 　　著　毕淑敏
　　责任编辑　张渝涓
　　责任印制　周昇亮
◆ 人民邮电出版社出版发行　　北京市丰台区成寿寺路 11 号
　　邮编 100164　电子邮件 315@ptpress.com.cn
　　网址 https://www.ptpress.com.cn
　　文畅阁印刷有限公司印刷
◆ 开本：787×1092　1/32　　　　彩插：4
　　印张：8　　　　　　　　　　　2024 年 10 月第 1 版
　　字数：170 千字　　　　　　　 2025 年 9 月河北第 2 次印刷

定　价：59.80 元

读者服务热线：（010）67630125　印装质量热线：（010）81055316
反盗版热线：（010）81055315

人生有三件事不可俭省

无论世界变得如何奢华，我还是喜欢俭省。这已经变得和金钱没有很密切的关系，只是一个习惯。我这样说，实在是因为俭省的机会其实很廉价，俯拾即是，遍地滋生。比如，不论牙膏管子多么丰满，但你只能在牙刷毛上挤出 1.5 到 2 厘米的膏条，而不是 1 尺①长。因为你用不了那么多，你不能把自己的嘴巴变成螃蟹聚会的洞穴。再比如，无论你坐拥多少橱柜的衣服，当暑气蒸人的时候，你只能穿一件纯棉的 T 恤衫。如果把貂皮大衣捂在身上，轻者长满红肿热痛的痱子，重者会中暑倒地甚至一命呜呼。俭省比奢华要容易得多，是偷懒之人的好伴侣——用最直截了当的方式和最少的花费直抵目标。

然而，有三件事你不能俭省。

第一件事是学习。

---

① 1 尺≈33.3 厘米。——编者注

学习是需要费用的，就算是圣人孔子，答疑解惑也要收干肉为礼。支出学习费用的时候，和买卖其他货物略有不同。你不知道究竟能得到多少知识，这不单取决于老师的水平，也取决于你自己的状态。这在某种情况下就有点"隔山买牛"的味道，甚至比股票的风险还大。谁也不能保证你在付出了学费之后一定能考上大学，你只能先期投入。机遇是牵着婚纱的小童，如果你不学习，新娘就永远不会出现在你人生的殿堂。

第二件事是旅游。

每个人出生的时候都是蝌蚪，长大了可能会变作井底之蛙。这不是你的过错，只是你的限制，但你要想办法弥补。要了解世界，必须到远方去。旅游是需要花钱的，谁都知道。旅游的好处却不是一眼就能看到的，常常需要日积月累、潜移默化地蓄积。有人以为旅游只是照一些相片、买一些小小的工艺品，其实不然。旅行让我们的身体感悟到不同的风和水，我们的头脑也在不同风情的滋养下变得机敏和多彩。目光因此老辣，谈吐因此谦逊。

第三件事是锻炼身体。

古代的人没有专门锻炼身体的习惯，饥一顿、饱一顿，全无赘肉。生存的需要逼得他们不停奔跑、狩猎，闲暇的时候就在岩壁上凿画，在篝火边跳舞，这些都不是轻体力劳动，积攒不下多余的卡路里。社会进步了，物质丰富了，用不完的热量成了我们挥之不去的负担。于是，我们要人为地在机器上跋涉，在充满氯气的池子里浮沉，在人造的雪花和冰面上打滚，在矫揉造作的水泥峭壁上攀爬……这真是愚蠢的奢侈啊，可我们没有办法，只有不断投入金钱，操练贫瘠的肌肉和骨骼，以保持最起码的力量和最基本的敏捷。

有没有省钱的方法呢？其实也是有的。把人生当作课堂，向一切人学习，就省了上学的钱。徒步到远方去，就省了旅游的钱。不用任何健身器械，就在家里踢毽子、高抬腿、做广播体操……就省了健身的钱。

然而，这也是破费，因为我们付出了时间。

目 录

有一本书，会改变你的一生

溪水金砂

我以为最好的学习还是阅读。

人的天性如溪水，学习的本能就是金砂。它们潜伏在水中，浪花翻溅时一眼看不到颗粒，但因了它们的存在，水变得更有分量和价值。

我相信那些不含有金砂的小溪已经干涸，因为人类生存的环境曾经是并且还将是刺骨险恶的，你一个人的经历是不丰富的，你同时代的借鉴是不全面的，你一个行业的规则是不完整的……如果不爱学习、不善于学习、不坚持学习，就会被层峦叠嶂的打击和灾变征伐与掩埋，你的遗传基因也如昙花一现地湮灭了。

所以，乐观地说，我们每个人都是那些爱学习的人的后代，唯有这项潜藏在血液中的专擅，令我们比所有的动物都更繁荣递进。

学习是有很多种方法的，比如抬头望天，你可以学到星空的叙事是多么无与伦比、多么宏大，滋生出的渺小和畏惧感让你一生警醒谦逊。比如低头俯地，你可以窥到万物葱茏，物竞天择、优胜劣汰，残酷又公平，焕发出的紧迫和危机感让你不敢有一刻懈怠放松。比如听妈妈讲那过去的事情，你会生出无限的柔情，不但绕指更是绕心。比如看风光大片、科幻影像，你会惊骇莫名，有一种未知的狂喜和震撼……

然而，我以为最好的学习还是阅读。

首先我们要感谢文字，因为有了文字，我们的情感血脉才有了附丽的骨骼，我们的理论枝蔓才有了攀缘的篱笆，我们的科技成果才有了传袭的衣钵，我们的历史才有了一面面古镜矗立照耀。

时代进步，从布帛竹简到计算机液晶屏，书写变得越来越快，阅读变得越来越方便了。记得我小时候，看一本长篇小说要个把星期，那还算快的呢！借书给朋友，不过百八十页，半个月后要她还，她说，这才几天啊你就催，我还没看完呢，小气呀小气！

读书，一种是读技艺之书，它们讲的是各行各业的特殊规则。还有一种书讲的是普遍的知识，比如文史哲。读技艺之书的人多，读普遍知识的人少。有一年我到国内著名的一所医科大学授课，我问："你们这些未来中国最杰出的医生，有谁读过《红字》？有谁读过《罪与罚》？请举手。"台下抬臂者寥寥。在感谢了这些博士生的诚实之后，我深表遗憾。一个医生，除了读医书，也要读艺术。因为你面对的不是一个装满了病痛脓血的破罐子，而是一个活色生香的人。死生契阔啊，他们在最悲苦无助的时候和你狭路相逢，你要医治他，不仅仅要凭着你的精湛医术，而且要凭着你强大的人格和综合力量。如果你想当一个名医而非庸医，请在读医书的同时，也去读人文科学方面的书籍。提高了你的素养，是你的福气，是你爹妈、妻子、丈夫、孩子的福气，同时也造福了你的病患。

我相信一个读过很多专业书以外书籍的建筑师，设计出的楼房一定更漂亮、更实用。我相信一个读过很多专业书以外书籍的学者，在传道授业的时候，一定更风趣、更幽默，旁征博引、口吐莲花。我相信一个读过很多专业书以外书籍的科学家，提出的设想和理论，一定更曲径通幽、独树一帜。我相信一个读过很多专业书以外书籍的管理者，他的企业一定更具活力和创新精神。

以前人们贫穷，读书机会不多。现在，很多人不再贫穷，可时间成了瓶颈，很多人苦恼的是总也找不到空闲来阅读。

那是因为有太多的诱惑。

阅读是没有香氛的，于是抵不过餐桌的美味。阅读是孤独的，于是没有觥筹交错的热闹。阅读是伴有思考和停顿的，于是没有游戏般的顺畅和惬意。阅读甚至是充满碰撞和痛楚的，因为有忏悔的顾盼和掘进的深入。

但是，优秀的阅读是有力量的，因为在阅读的时候，你不是一个人，而是正在和古今中外的先驱们并行。

书让我们不再陌生

每本书都有独特的命运，它们比作者走得更远……

　　我们长期以来的想法和感受，在某一天的某一个瞬间，被一个素不相识的陌生人一语道破，我们会为此惊异许久甚至终生。

　　我常常无比震惊而亲切地看着一个陌生人，因为他或她，说出了我心中埋藏很深的一个念头，我曾以为那是专属于我的宝贝，却不料它早已在别人那里安家落户，气定神闲地端坐了许久。

　　一本书，就是种着一群念头的菜园子。就像一个老农在把自家的西红柿、萝卜种出来之后，不知它们将走向何方一样。他摘下它们，抚摸着它们圆润而温热的身躯——残存着太阳和老农手心的温度，犹如在擦拭即将射出去的礼花弹。即使是再优异的射手，也不知道礼花将在哪一片夜空绽放。你只能猜个大概啊，礼花自己有主意。

书也是这样的，每本书都有独特的命运，它们比作者走得更远啊，走街串巷，深入千家万户的门槛里。没准会在美女的枕边休憩、在老人的膝盖上驻扎，真是让作者艳羡不已。

每本书的样子都是差不多的。其相似的程度，简直比同卵的孪生姐妹兄弟还要惟妙惟肖。可它们的运气则可能完全不同。有的被奉为座上宾，有的堕落到茅厕下方，有的书页上洒下几行热泪，有的则被顽童折成纸飞机进了垃圾堆……

我告诫自己要向书学习。它们宠辱不惊，安之若素。无论怎样褒贬，自己是一个字也不会改变的，还是那种惨白的脸和漆黑的字，单调而安然。

书的作用就是把陌生人串起来，让我们不再陌生。

一定有一本书是你的至交

有一本书，一定藏在远方。它是你的至交，它的肚腹中藏着一句话，有可能改变你的一生。

在某种程度上，对于书，我们握有强大的生杀予夺之权。我们是这本书的"上帝"，可以随心所欲地翻到任何一页，想看就看，不想看可以立马合上，让这本书的作者顷刻沉默。不论是怎样显赫的圣贤之作，还是席卷天地的畅销书，只要我们不喜欢，分分秒秒就能把它砸入深渊。只要我们愿意，就可以永远把它打入冷宫。如果还不解气，可以把它当作废品卖掉，让它粉身碎骨、化为烂浆。如果还是余怒未消，可以把它一页页撕得粉碎，让它随风飘逝。如果仍无法宣泄心头之恨，可以把这本书的碎屑冲入马桶，让它和世界上最污秽的东西做伴，再也不得翻身。倘若还觉得不够，尽可以大骂作者，逢人就讲他的坏话，尽所有的能力诅咒他……

看我写到这里，想必有人会大笑起来，说，至于吗？一本书，想看就看，不想看就算了，犯得上如此吹胡子瞪眼雷霆万钧嘛！

作为一个作者，我对自己每本书的命运，都曾设想过以上的种种局面。

不过，我不生气，也不气馁，我还在不停地写着。即使最不堪的结果出现，写作这件事也是有意义的。书没有侵犯性，它的本质，是一张张写着某些文字的纸，它是温存的，甚至是弱不禁风的。

我相信，有一本书，一定藏在远方。它是你的至交，它的肚腹中藏着一句话，有可能改变你的一生。

关于书的妙用，咱们古代的人早有心得，什么黄金屋啊，什么颜如玉啊，什么千钟粟啊……仔细分析起来，主要还是为了解决性欲和食欲问题，而对精神方面的描述，好像没有现成的指教。其实，书最大的魔力，在于它可能会改变我们精神世界的架构，进而影响我们的行为方式，甚至扭转我们的人生轨迹。

为什么看似单薄甚至不堪一击的书本，却在某种程度上很容易改变我们呢？我想，在常常被人们论及的原因之外，也许还有以下的方面吧。

你不认识作者。你对书没有戒心。在接受理念的时候，我觉得太尊敬和太叛逆，都不是好事情。太尊敬了，就隔着一道天堑。彼此的地位大相径庭，不具备可比性，容易让人敬而远之，觉得彼此境况的可比性太差，适用于你的不一定适用于我，甚至是肯定不适用于我，被尊敬引到了另外的岔道上。至于太叛逆了，那是谁的话都听不进去，灵魂的抽屉已塞得满满当当，没有任何空隙再放入一片 A4 纸。

只有当我们漫不经心的时候，所有的警戒都已放下，懒散地、安静地翻着书页，润物细无声的改变才容易发生。以这种方式进行交流，让人放松。

在放松的时候，人的潜意识就像池塘里的小鱼，快乐地游动起来。人们的绝大部分生活深受潜意识的控制。潜意识是很独特的东西，很多时候，它比我们的意识还要健康。它善良，聪敏，不墨守成规，不故步自封，甚至也不自卑。它更能分辨什么是对这具躯体有用、有好处的东西，什么是废物和有害的毒剂。

当书中的某一句话，在不经意之间，和你的潜意识发生轻轻碰撞的当儿，那是一个美妙的时刻。有一些很重要的、你未曾意识到的改变，就在电光石火中产生了。其速度之快，比百米赛跑中的博尔特还要神速。

在改变别人生活轨迹的力量中，以不被人察觉的方式出现，这是影响力。以显而易见的方式出现，则是权力。说到书的力量呢，好像这两者都不是，是你自己的顿悟与书上的字吻合了。

祝你在清晨飞翔

我建议忙人更要读书。

压力本来是一个物理学上的词汇，比如气压、水压、风压……推广开来，医学上有"血压、脑压、颅内压"等，多属于专业领域，不料如今风云突变，压力成了高频词。

生活有压力，经济有压力，学业有压力，晋升有压力，人际关系有压力，情感世界有压力，婚姻也有压力……人们在交谈中，无不涉及林林总总的压力。压力已经像打翻了的桶中的汽油，弥散到现代人生活的各个领域，散发着浓烈的气味。我们躲不胜躲，防不胜防，指不定在哪个瞬间，它就燃起火焰。

其实，适当的压力，是保持活性的重要条件。如果空气没有了压力，我们的呼吸就会衰竭。如果血液没有了压力，我们的四肢就会瘫痪。如果水管子没有了压力，那结果之伤感是任何一个住在高层楼房的人士都烂熟于心的——我们将失去可饮可用的清洁的水。20世纪的石油英雄王铁人①也说过"井无压力不出油，人无压力轻飘飘"的豪言壮语。

只是这压力需要适度。比如冬日里柔柔的阳光照在身上，这是一种轻松的压力，让我们温暖和振奋。设想这压力增加十倍，那基本上就成了吐鲁番酷热的夏季，大伙只有躲在地窖里才能过活。假如这压力继续增加，到了一百倍、一千倍的强度，结果就是焦炭一堆了。

现代人常常陷于压力构建的如焚困境之中。也许是某一方面的压力过强，也许是许多方面的压力综合在一起。如果是后者，单独究其某一方面的压力，强度尚可容忍，但积少成多、日积月累，细微的压力堆积起来，就成了如山的重负。机器都有疲劳的时候，遑论血肉之躯？如果不减压，真怕有一天成了齑粉。

人们常常把读书称作"读闲书"，说的是人有了闲暇，才能静下心来读书。我建议忙人更要读书。你有必要在百忙之中再添一忙，那就是抽出时间读读有关压力的书。读完之后，百忙也许就缩减成了七十忙、五十忙，你就有了喘息和伸展腰肢的时间。

寻找压力的种种成因，为扑朔迷离、捉摸不定的压力画

---

① 即我国著名的石油工人，"铁人"王进喜。——编者注

像，澄清了我们对压力的模糊和迷惘之处，让折磨我们的压力毒蛇从林莽之中现形，也让我们对压力的全貌和运转的轨迹有较为详尽的了解。中国的兵法中有句古话，叫作"知己知彼，百战不殆"，当你认识到了你所承受的压力的强度和种类，在某种程度上，你就已经钉住了压力的七寸。

如果你因压力而忙到无力自拔，忙到昏天黑地，忘记了自己的生日和家人的团聚，忘掉了自己如此辛辛苦苦究竟为了什么，如果你想改变，就试着了解压力吧。当你明白了压力的起承转合，找到了适合自己的减压方式之后，你的呼吸就会轻松一点，胸中的块垒也会松动出些微的空隙。坚持下去，持之以恒，也许在某一个清晨醒来时，你会冲出压力的重围，轻松地飞翔起来。

择书秘诀

人读书的口味也和那个爱得溃疡的胃有些相似，某些食品虽是公认的好，比如辣椒，但自己不喜欢，也没法受纳。

小时候，送一位得病的同学回家。因为天晚，我赶不回住宿的学校，就住在她家的书房。她老爹是搞音乐的，我睡的沙发被顶天的书柜包围着，里面都是有关音乐的书，黑暗中像壁立的石崖。在我以为音乐书就是简谱歌本的心里，引起大震惊。

后来我结识了一位学化学的朋友，才知道这世界上有关化学的书，可以拉几个火车皮。

再后来，我到了一家搞经济和金属的公司，对于他们汗牛充栋的经济和冶炼金属的书，已是见怪不怪了。

世上的行业越分越细，有关的书就越来越多。古代的诗人说"读万卷书"的时候，全世界的书的总量，大约还是能够统计出来的（当然要有耐心）。现如今的信息爆炸，书的总量肯定是一个天文数字，再也没有人敢去计算了。

面对着恒河沙数一般的书，怎么读呢？

朱光潜先生说过："任何一种学问的书籍现在都可装满一图书馆，其中真正绝对不可不读的基本著作往往不过数十部甚至于数部。"

怎么在浩如烟海的书堆中，找出那些最优秀、最值得一读、最对自己脾气的书呢？

对于以前的书，我们好歹还有时间这只公正的胳膊可以依傍，而风起云涌的新书，更令我们双眼迷离。万般无奈之下，我总结出几点择书的诀窍，平日是绝不敢对别人谈的，恐遭人批判。今日斗胆写在这里。

一是不看最新的书。

最新的不一定是最好的。我不愿做第一个吃螃蟹的人，心地很是自私。宁愿在自家暗处躲着，看别的英勇的人们去吃，然后注意听其中的有识之士的言语。待人家说好，这才找了来看，颇有投机的意味。好处是可以节省自己的时间，避免无谓的消耗。坏处是当别人津津乐道某一部书坛新秀时，自己则丈二和尚摸不着头脑，一派混沌。议论时，若是那一瞬诚实心理占了上风，就鼓足勇气说自己还没有读过。虚荣占上风时，就哼哼哈哈地敷衍几点从他处拾得的牙慧，遮掩自己的落伍。

二是不相信报纸杂志上的书评。

这招虽恶，然也是积攒了许多教训才得来的。早先我是信的，且不是一般的信，真是信得忠心耿耿，听了人说了哪本书好，就千方百计地买了来。但很失了几次望以后，就渐渐狡猾起来。对于贿买书评的消息时有所闻；出版社为招徕读者，也常作自吹自擂的游戏；朋友间的友情出演也是屡见不鲜……凡此种种，我都可理解，报以一笑。如今的文人不容易，出一本书更不容易，希望闹出些声响也是情理中的事。但既已知了路数，要我仔细去看那背景叵测的评论，终是心有余而力不足了。这种"打击一大片"的狭隘观点，弊病自是不用讲了，我冤屈了不计其数的好评论，晚看了不计其数的好书，也是罪有应得的下场。

三是在自己心中列了一个秘不传人的黑名单。

无论是中国还是外国，有一些人的书，我是一定不读的。有一些人的文章，我是一定不看的。这并不是依了某种政治或是艺术的神圣标准，只是自己的癖好。也不是从一开始就这般决绝，最少须看过他三次，才肯下这打入冷宫的狠心。我对任何一种第一次接触的风格或领域都格外认真，仿佛对待一块挖自深山的宝玉，是慎之又慎。倘若不喜欢，一定是责怪自己的浅薄，无法理解其中的微言大义。第二次读时，就换一个更舒适的姿势，寻一个更安宁的时间，酝酿一个更清明的心境。倘还不热爱，第三次就须正襟危坐，殚精竭虑、如履薄冰地皱着眉咬着牙地思索着读下去……但事不过三。假若最后还是看不懂，不喜欢，我会一边咒骂着自己的弱智，一边痛下决心，含泪同这位旷世的奇才告别。除非将来谁告诉我，这位天才发生了翻天覆地的变化，我才有胆量重试一遭读他的书。一般情形下，那黑名单是终身制的。

这法子的恶果真是太硕大了，我同多少俊杰交而复失！然伤感之余，想到人读书的口味也和那个爱得溃疡的胃有些相似，某些食品虽是公认的好，比如辣椒，但自己不喜欢，也没法受纳。

说了这许多"不读"的清规，那自己根据什么来选"读"的篇目呢？说来惭愧，遵循的是古老极了、手工极了、简陋极了、迟钝极了的土方子。

这就是有学识、有肝胆、不媚俗、不功利的师长与朋友的口口相授。

倘他们说某一本书值得一读，我便是踏破铁鞋也要寻到。

阅读是一种孤独

真正的阅读注定孤独。那是一颗心灵对另一颗心灵单独的
捶击……

　　阅读的感觉难以比拟。

　　它有些像吃。对头脑来说，渴望阅读的时刻必定是虚怀
若谷的。假如脑袋装得满满当当，不断溢出香槟酒一样的泡
沫，不论这泡沫是泛着金黄的铜彩还是热恋的粉红，都不宜阅
读，尤其是阅读名著。

　　头脑嗷嗷待哺，像荒原上觅食的狼。人愈是年轻的时候，
愈是贪吃。随着年龄的增长，我们吃得渐渐地少了，但要求渐
渐地精了。我们知道了什么于我们有益，什么于我们无补。我
们不必像小的时候，总要把整碗面都吃光，才知道碗底下并没
有卧着个鸡蛋。我们以为是碗欺骗了我们，其实是缺少经验。
有许多长寿的人，你问他们常吃什么食品，他们回答说：什么
都吃，并无特殊的禁忌。但有许多东西他们只尝一口，就尖锐

地判断出成色。我想寿星佬的胃一定都是很坚强的，只有一个坚强的胃才能养活得了一个聪明的脑。读书也一样，好的书，是人参燕窝，在人生中若不大快朵颐，岂不白在世上潇洒走过一回？坏的书，是腐肉砒霜氰化物，浪费了时间，贻误了性命。关于读什么书好的问题，要多听老年人的意见，他们是有经验的水手。也许在航道的选择上有趋于保守的看法，但他们对于风暴的预测绝对准确。名著一般经过了许多年代的考验，是被大师们的智慧之磨研磨了无数遭的精品。读的时候，像烈火烹油的满汉全席，为大享乐。

它有些像睡眠。我小的时候，当我忧愁、当我病痛、当我莫名其妙烦躁时，妈妈总是摸着我的头说，去睡吧。睡一觉也许就好了。睡眠中真的蕴藏着奇妙的物质，起床时我们比躺下时信心倍增。阅读是一种精神的按摩，在书页中你嗅得见悲剧的泪痕，摸得着喜剧的笑靥，可以看清智者额头的皱纹，不敢碰撞勇士鲜血淋淋的创口……合上书的时候，你一下子苍老又顿时年轻。菲薄的纸页和人所共知的文字只是由于排列的不同，就使人的灵魂与它发生共振，为精神增添了新的钙质。当我们读完名著的最后一个字时，仿佛从酣然梦境中醒来，重新生机盎然。

它有些像搏斗。阅读的时候，我们不断同书的作者争辩。我们极力想寻出破绽，作者则千方百计把读者柔软的思绪纳入他的模具。在这种智力的角斗中，我们往往败下阵来。但思维的力度却在争执中强硬了翅膀。在读名著的时候，我常常在看上一页时，揣测下一页的趋势。它们经常同我的想象悬殊甚远。这种时候我会很高兴，知道自己碰上了武林中的高手。大师们的著作像某一流派掌门人的秘籍，记载着绝世的功法。细细研读，琢磨他们的一招一式，会在潜移默化中悟出不可言传的韵律。只是江湖上的口诀多藏之深山、传之密室，各个学科大师们的真迹却是唾手可得。由于它的廉价和平凡，人们常常忽视了它的价值。那是古往今来人类最智慧的大脑留给我们的结晶啊！我一次次在先哲们辉煌的思辩与精湛的匠艺面前顶礼膜拜，我一次次在无与伦比的语言搭配之下惊诧莫名……我战胜自己的怯懦，不断地阅读它们，勇敢地从匍匐中站起。我知道大师们在高远的天际微笑着注视着后人，他们虽然灿烂，但已经凝固。他们是秒表上固定了的纪录，是一根不再升高的旗杆。今人虽然暗淡，但我们年轻。作为阅读者，我们还处在生命的不断蜕变之中，蛹里可能飞出美丽的蝴蝶。在阅读中，我们被征服。我们在较量中蓬勃了自身，迸发出从未有过的力量。

阅读是一种孤独。几个人共看一本书，那只是在极小的时候争抢连环画。它同看电影、看录像、听音乐会是那样的不同。前者是一块巨大的生日蛋糕，可以美味地共享，后者只是孤灯下的一盏清茶，只可独啜，倾听一个遥远的灵魂对你一个人的窃窃私语。它在不同的时间对不同的人说过同样的话，但你此时只感觉它在为你而歌唱。如果你不听，它也不会恼，只会无声地从书页里渗出悲悯的叹息。你啪地合上书，就把一代先哲幽禁在里面。但你忍不住又要打开它，穿越历史的灰尘与他对话。

阅读名著不可以在太快乐的时光。人们在幸福的时候往往读不进书。快乐是一团粉红色的烟雾，易使我们的眼睛近视。名著里很少有恭维幸运的话语，它们更多是苦难之蚌所产的珍珠。

阅读名著也不可以在太富裕的时刻。阅读其实是思索的体操，富裕的膏脂太多时，脑子转动得就慢了。名著多半是智者饿着肚子时写成的，过饱者是不大读得懂饥饿的文字的。真正的阅读，可以发生在喧嚣的人海，也可以坐落在冷峻的沙漠。可以在灯红酒绿的闹市，也可以在月影婆娑的海岛。无论周围有多少双眼睛，无论分贝是怎样的嘈杂，真正的阅读都注定孤独。那是一颗心灵对另一颗心灵单独的撞击，那是已经成仙的老爷爷特地为你讲的故事。

喜爱文学，比较地不易犯罪

爱好文学的人，比较地多一些宣泄情感的渠道，比如可以在阅读名著时受到精神的净化……

一天，同日本笔会会长尾崎秀树先生一行聚会，席间谈到日本东京地铁的惨案，以及某恐怖组织杀戮无辜的凶残。刚开始时我还有些顾虑，不知日本作家会不会"家丑不可外扬"，没想到他们十分健谈，从该恐怖组织预言世界末日的到来，到他们试验化学武器、细菌武器，侃侃而谈……

说话间，议论到该组织的组织成员，日本作家介绍说，该组织内的高层，全都是毕业于日本各名牌大学理工科的高才生，个个成绩优异、智商超群，是专业领域里的才俊。

他们特别指出，在该组织的高层里，没有一个是学习人文学科的学生。他们笑着说：爱好文学的人，是比较不容易犯罪的。

为什么呢？大家都很感兴趣，于是一致探讨起来。回家后，我又想了许久。

现代的科学技术越来越发达，但它们对人类来讲，永远是身外之物。人类已经把自己的吃穿住行打点得越来越精致，把外在的条件整治得越来越舒适了。但是心灵呢？这灵长中的灵长，却在越来越辉煌的物质文明中萎缩，淹没在闪烁的霓虹灯下，迷失在情感的沙漠里。

搞文学的人，要学习历史和哲学，头脑比较清醒。当一种潮流像潮水一般涌来的时候，他们会在一个更广阔的时空中思索，想得更多、更深一些，面对着迷惘的世界，多问几个为什么，可能会少一点盲从。

而搞理工的人，假若过度沉迷于具体的专业领域，随着现代科学分工的越来越细，"小切口，深力度"的科学研究，使某些人"一叶障目，不见泰山"，对其他领域的了解冷淡以至麻木，对整个人类的未来漠不关心，成为精神的"残疾儿"。

爱好文学的人，比较地多一些宣泄情感的渠道，比如可以在阅读名著时受到精神的净化，在欣赏作品时体验高尚的情感，在写作时倾诉对人生的感悟，在运用语言的过程中感到创造的喜悦。

搞理工的人，更多地是在接触一个冰冷的物质世界。个别人很容易陷入对物质的崇拜，以为物质是整个世界的主宰。

如果他一味沉迷于某种单纯的研究，而失去了对整个人类的爱心，他所掌握的技术越尖端，对人类的危害就越大。在自然科学家里，从来就不乏为魔鬼铸剑的人。这个恐怖组织不正是利用手中掌握的高科技，研制置人类于末日的毒剂吗？

手头没有精确的统计资料，无法比较学文科和学理科的人的犯罪率是否真有显著的差别，也许该恐怖组织是一个例外。但这个血淋淋的团伙提醒了无数善良的人们，在我们的科技高度发展以后，善与恶的斗争仍然同以往一样严峻。每一个有良知的人，都要关怀人类的前景，呵护美好的心灵，绝不能单纯地以为只要有了科学，明天就一定光明。

人生终要有一场触及灵魂的旅行

带上灵魂去旅行

好的旅行应该如同呼吸一样自然，旅行的本质是学习，而学习是人类的本能。

　　人的知识永远是不完备的。我们无法知道一个地区或一个时代是否就是空间和时间的全部。从这个意义上讲，我们每个人都是井底之蛙，不同的只是栖息的这口井的直径大小而已。每个人也都是可怜的夏虫，不可语冰。于是，我们天生需要旅行。生为夏虫是我们的宿命，但并不是我们的过错。在夏虫短暂的生涯中，我们可以和命运做一个商量。尽可能地把这口井掘得直径大一些，把时间和地理的尺度伸展得长一些。就算最终不可能看到冰，夏虫也可以力所能及地面对无瑕的水和渐渐刺骨的秋风，想象一下冰的透明清澈与痛彻心扉的寒冻。

　　旅行，首先是一场体能的马拉松，你需要提前做很多准备。先说说身体方面。依我个人的经验，旅行的要紧物件有三桩。第一，当然是时间。人们常常以为旅行最重要的前提是钱，于是就把攒钱当成旅行的先决条件。其实，没有钱或是只有少量的钱，也可以旅行。关于这一点，只要你耐心搜集，就会找到很多省钱的秘籍。如果把一个人比作一辆车，驱动我们前行的汽油并不是金钱，而是时间。这个道理极其简单，你的时间消耗完了，你就任何事都干不成了，还奢谈什么旅行呢？或者说，那时的旅行只有一个方向，就是地心了。

第二桩物件，是放下忧愁。忧愁是旅行的致命杀手，人无远虑，方可出行。忧愁是有分量的，一两忧愁可以化作万斤秤砣，绊得你跌跌撞撞鼻青脸肿。最常见的忧愁来自这样的思维：把这笔旅游的钱省下来可以买多少斤米、多少捆菜，过多长时间丰衣足食的家常日子。将满足口腹之欲的时间当作计量单位，是曾经有用，现在却不必坚守的习惯。很多中国人一遇到新奇又需要破费的事儿，马上把它折算成米面开销，用粮食做万变不离其宗的度量衡。积谷防饥本是美德，可把什么事都提到危及生命安全的高度来考虑，活着就成了负担。谁若一意孤行去旅行，就咒他将来基本的生存都要打折，食不果腹、衣不蔽体、流落街头……别怪我说得凄惶，如果你打算进行一次比较破费的旅行，你一定会听到这一类的谆谆告诫。迅疾地把诸事折合成大米的计算公式，来自温饱没有满足的农耕时代遗留下来的精神创伤。如果你一定要把所有的钱都攒起来用于防患于未然，这是你的自由，别人无权干涉。可你要明白，身体的生理需求满足之后，就不必一味地再纠结于脏腑。如果总是由着身体自言自语地说那些饥饱的事儿，你就灭掉了自己去看世界的可能性，一辈子只能在肚子划定的半径中度过。这样的人生，在温饱还没有解决的往昔，是不得已而为之的，甚至可能成为优先活下来的王牌。但在今天，就有时过境迁且过于迂腐之感了。

第三桩物件，是活在身体的此时此刻。此话怎讲？当下身体不错，就可以出发，抬腿走就是，不必终日琢磨以后心力衰竭的呕血和罹患癌症的剧痛。我琢磨着自己还有能力挣出些许以后用于治病的费用，我相信国家的社会保障机制会越来越好。我捏捏自己的胳膊腿，觉得它们尚能禁得住摔打，目前爬高上梯、风餐露宿都不在话下。若我以后真是得了多少万元人民币也医不好的重症，从容赴死就是了，临死前想想自己身手矫健、耳聪目明时，也曾有过一番随心所欲的游历，奄奄一息时的情绪，也许是自豪。

我是渐渐老迈的汽车，所剩油料已然不多。我要精打细算，小心翼翼地驱动它赶路。生命本是宇宙中的一瓣微薄的睡莲，终有偃旗息鼓闭合的那一天。在这之前，我一定要抓紧时间，去看看这四野无序的大地，去会一会英辈们残留下的伟绩和废墟。

终于决定迈开脚步了，很多人有个习惯，出远门之前，先拿出纸笔，把自己要带的东西都一一列出。旅游秘籍中传授这种清单的俯拾皆是。到了寒带，你要带上皮手套和雪地靴，到了热带，你要带上防晒霜、太阳镜和驱蚊油。就算是不寒不热的福地，你也要带上手电筒、一些药品和使领馆的电话号码……

所有这些，都十分必要。可有一样东西，无论你到哪里，都不可须臾离开。那就是——你可记得带上自己的灵魂？

据说古老的印第安人有个习惯，当他们的身体移动得太快的时候，会停下脚步，安营扎寨，耐心等待自己的灵魂前来追赶。有人说是三天一停，有人说是七天一停，总之，人不能一味地走下去，要驻扎在行程的空隙中，和灵魂会合。灵魂似乎是个身负重担或手脚不利落的弱者，慢吞吞地经常掉队。你走得快了，它就跟不上趟。我觉得此说法最有意义的部分，是证明了在旅行中，我们的身体和灵魂是不同步的，是分离、分裂的。而一次绝佳的旅行，自然是身体和灵魂高度协调一致，生死相依的。

好的旅行应该如同呼吸一样自然，旅行的本质是学习，而学习是人类的本能。身为医生，我知道人的一生必得不断地学习。我不当医生了，这个习惯却如同得过天花，在心中留下斑驳的痕迹。旅行让我知道在我之前活过的那些人，他们可曾想到过什么、做过什么。旅行也让我知道，在我没有降生的那些岁月，大自然施以的盛大恩典和严酷惩罚。在旅行中我知道了人不可以骄傲，天地何其寂寥，峰峦何其高耸，海洋何其阔大。在旅行中我也知晓了死亡原不必悲伤，因为人其实并没有消失，只不过是以另外的方式循环往复。

　　凡此种种，都不是单纯的身体移动就能够解决问题的，只能留给旅行中的灵魂来做完功课。出发时，悄声提醒，背囊里务必记得安放下你的灵魂。它虽轻到没有一丝分量，也不占一寸地方，但重要性远胜过 GPS。饥饿时它是你的面包，危机时它助你涉险过关。你欢歌笑语时，它无声扮出欢颜。你捶胸顿足时，它也滴泪悲愤……灵魂就算不能像烛火一样照耀着我们的行程，起码也要同甘共苦地跟在后面，不离不弃，不能干三天停一天地磨洋工。否则，我们就是一具飘飘荡荡的躯壳在蹒跚，敲一敲，发出空洞的回音，仿佛千年前枯萎的胡杨。

小飞机，欧洲行

出名不必趁早，但旅行倒是不敢耽搁太久。

我心颠簸。

乘小飞机欧洲游，始料未及。还没将来自朋友的诚挚邀请在手心焐热，即随队出发。沿途能看到什么，会有怎样的观感回忆，一概无预设。我不由得想起一个词——信马由缰。不错，这次出发，是个意外。

通常，我如果决定到某地去，行动中最困难的部分已然结束，接下来的就是处置诸多杂务了。却不想此次旅行最艰窘的部分，竟是我提起笔来的此刻。

我想找出原因。是我熟悉的家、行走的记录本还是打开的电脑？身体健康亦一如往常。

我的书房，是我的家乡。键盘是我的江湖，将来也是我的墓冢。

一直喜欢美国女诗人艾米莉·狄金森的话——"没有任何

快艇像一本书，可以带我们到遥远的国度"，这是真理。不过想起她一辈子把自己关在家中不出门，终生只旅游过一次，这句话似乎也可以理解为狄金森的自我安慰。

我觉得书自然是要读的，遥远的国度也要去。在盘缠允许、体质尚可的情况下，我当走向我所能抵达的至远之地。

世上万物皆有种子。幸福有种子，悲伤有种子，甚至厄运也有种子。旅游，也是有种子的。

在选择目的地时，先做大体计划，起码也要有端倪。至于同行的人，可能完全不知道是谁，也可能了然于胸。我唯一确知的，是每一次出发都或多或少存在风险，有时或许还涉及生死。当然，更常见的是涉及碰撞与思考。

随着年龄增加，远行的概率会越来越低。有道是"父母在，不远游"，我的双亲已然仙逝，我出发后便不再频频回头。从2008年乘船环球航行开始，至今我已走过80多个国家……我的记忆中，藏着赤道之热、南北极之寒，当然还有世界第三极，那就是我年轻时戍守过的青藏高原。无数山峦、无数废墟，无数风景、无数旷野，如同细胞一样组成了我身体的一部分。细胞可能会凋零置换，但记忆如同盛开的花，栩栩如生。

假若删去旅行，我会和现在不一样。生命中没有什么比掌握自己的脚步这件事，更让人惬意。我看到地球仪不再觉得枯燥单调，每一个地名下都生动地隆起一方山水。现在，随着年龄增加，常生出时不我待之感。

年少守边，我亲见战友骤然离世，开始感叹生命脆弱，畏惧大自然的伟力。身处世界一隅，一己是多么微不足道。我确知这具躯壳不过是一处出租屋，终将灭失，于是从不惧怕年华老去。唯顾忌年岁渐长，再到远方有可能力不从心。所以，出名不必趁早，但旅行倒是不敢耽搁太久。

安徒生有一句名言，"旅行即生活"，我觉得于我并不很贴切。旅行从未单独成为正事，也不能说是闲事。算是半工半读，半休息半劳作吧。旅行最大的好处是加速成长。

买物件，你可以永久拥有它，沾沾自喜。但买经历，除了回忆，别无遗存。

记忆可以满足我们长久的心理需求，物件却不能。你可以携带珍贵的记忆，一直走到生命的尽头，却不能用黄金和钻石给死亡镶个花边。对于多么奇特的物件，你都会司空见惯并产生忽略感，但记忆却像酵母，能让你的整个思维发酵，变得蓬松并散发着谷物香气。

珊妮兵团

在监狱里的那些人，几乎已经忘记了被另一个个体信任的感觉，但是，在治疗犬这里，他们突然得到了。

芝加哥一处僻静的街道，除了凛冽寒风的脚步，几乎看不到一个人。

找到 1504 号门牌的时候，一股烈风吹过，呛得我差点摔了个跟头。

今天要拜访的是"珊妮兵团"。

单从字面上看，完全想象不出这是一个怎样的机构。加上它的大名——芝加哥宠物治疗中心，我残缺的想象力才有了一点方向，然而，显然是更困难了。注意啊！这里不是治疗宠物，而是宠物参与治疗。我穿过 20 年医生的白大褂，实在难以想象在医生都束手无策的地方，那些被人类豢养的动物能有什么高招儿。

说实话，我不是一个很喜欢动物的人。不是因为我吝啬自己的感情，正相反，是因为害怕感情的流离失所。想想看吧，大概除了乌龟，所有我们日常亲近的动物，比如鸡鸭鹅兔、猫狗驴马……寿命都比人类短。如果与之建立起了深厚的感情，那在它骤然离去的时刻，会遗下怎样的凄楚！罢，罢！索性将情感的半径缩如毛衣针般短小，相对应的痛苦也会有限。

1504 号的楼梯窄得如同天梯，侧着身子上到顶层，是一扇普通民居的门。我们敲门，然后等待。几乎怀疑自己走错了地方的那一刹那，门开了。在我还没看到任何一个人的时候，四股旋风，分别为棕色、灰色、白色、黑色，无声地扑到我身上……吓得我脖颈往后一仰，险些晕了过去。

那是四只狗。被四只大小不同的狗活蹦乱跳地围着身体的感觉，极为奇特。它们闭着嘴，用鼻孔热情地喷着气体，眼神温驯而友好。它们的皮毛摩擦着你的肌肤，好像若干件羽绒背心被挑开了尼龙面子，绒毛满天飞舞，轻暖而撩人。不，不仅仅是暖和轻，更重要的是这些绒毛充满了生命力，不停地变换着方向簌簌流动着，拂过你的全身，仿佛一把奇妙的丝绒刷子，从你的发梢抹到脚踝，直至把你包裹成一根巨大的羽毛……这是一种惊恐之中的享受，令人在汗毛竖起的同时想入非非。

当我惊魂稍定，才在众多的狗脸之后看到了一张和善的脸——艾米女士，这家中心的负责人。

艾米把四只狗呼唤到一旁，然后对我说，我们特别设计了这样的欢迎仪式，希望没有吓着你。因为只有它们才是我们这里的主角，它们是只吃饼干不拿薪水的治疗师。

我抚着胸脯说，吓倒是没吓着，只是，它们从不咬人吗？专业的医生都有出意外的时候，这些狗，会不会哪天脾气不好，误伤了病人？谁都有万一，对不对？

艾米女士叹了一口气说，你说得对。在我们人类的社会里，的确是这样的，会有万一。但据我所知，在狗的世界里，发生这种情况的概率要远远小于人类，我不敢说绝无仅有，但我从来没有见过。狗永远是积极的。你见到人类背叛狗，在某些人那里，他们还吃狗肉。但是，你见过一条主人的爱犬背叛过主人吗？你见过在没有食物的时候，狗把主人吃了吗？没有，从来没有过啊。我们这些治疗犬里，从来就没有出现过伤害病人的情况。有的，只是人对它们的伤害。

我心中尖锐地疼了一下，我相信艾米女士说的一定是真的。

我还需要了解得更详尽一点。

艾米女士说，我们这个中心，成立了 11 年。我们现在有 200 多条治疗犬，也就是说，有 200 多位犬医生。我们的治疗犬到监狱里面为犯人治病，结果那些罪犯用烟头烫伤了治疗犬。即使在这种情况下，治疗犬也没有给那些人以任何回击，它们只是伤心地离开了……

我愤愤不平地说，为什么要让治疗犬到监狱里去？

艾米女士说，伤害治疗犬的犯人只是极个别的现象，绝大多数犯人对治疗犬都很友善，效果很好。甚至可以说，在某种程度上，治疗犬起的作用比医生还大。

这我就有些不以为然了。看得出，艾米非常热爱动物，但是也不能把动物夸大到比人更加能干的地步啊！

可能是我的表情出卖了我内心的某些活动，也许是艾米常年同犬打交道，神经和感知异常灵敏，总之，她接下来的话似乎是针对我的念头而来。

犯人犯罪的原因有很多很多，但其中最根本的原因是丧失了对人的信任。教育他们今后不犯罪的办法也有很多，但最根本的是要他们恢复对人的信任，让他们内心深处的良知苏醒过来。也许人的语言难以抵达的地方，治疗犬可以到达。是的，它们不会说话，可是它们有对人一往情深的信任，它们单纯而友善，执着而可爱。在监狱里的那些人，几乎已经忘记了被另一个个体信任的感觉，但是，在治疗犬这里，他们突然得到了。信任给予人的动力是非常巨大的。治疗犬让一些作恶多端的人流泪，让他们重新思索自己的人生。

我听得感动，说，训练这样打不还手、骂不还口的治疗犬，是不是非常困难？

艾米说，是很困难。只有很少的一些犬具备优良的治疗犬的素质，选择这样的犬，再进行严格的训练，最后参加特别的考试，然后它们才有进行治疗的资格。

我说，这么难啊？

艾米说，是啊。

我说，都有什么试题啊？你不要怀疑我知道了会透题，我在万里之外，一定会保密的。

艾米说，比如说，在考试中，有一个题目，要求治疗犬连续地舔人的手达若干时间，很多犬就难以通过。有一些犬是可以训练出来的，而有一些犬是无法训练出来的。只有那些最友善、最耐心并且喜欢交往的犬，才能过关。

我心里替那些犬大抱屈。当然了，犬经常舔主人的手掌，但那是它在表达自己的情感。若是要求它对一个不认识的人反复做这样的动作，就像要求一个小伙子对一个陌生的老大娘不停地说：我爱你爱你爱你……真够受罪的。

艾米说，你一定想问，为什么要这样呢？

我连连点头。

艾米说，治疗犬对偏瘫后遗症和阿尔茨海默病的治疗效果很好。其中很重要的一个治疗方案就是治疗犬用舌头舔舐老年人的手指。人的手指上有很多神经末梢，这种舔舐对人的神经的恢复非常有帮助。若是一只耐性不良的治疗犬，干着干着就厌烦了，摇摇尾巴自己跑了，那怎么行？治疗常常是很枯燥的，一只好的治疗犬深深地懂得这一点。它们在执行治疗任务的时候，非常敬业，极为投入。治疗完成了，犬也累坏了。有时，两个小时的治疗之后，治疗犬要深睡一天。

我说，艾米女士，您本人一定是训练治疗犬的行家了。

艾米女士说，惭愧得很，我训练的一只治疗犬，刚刚在考试中被刷下来了。

我说，为什么呀？

艾米女士说，它的注意力不够集中。有一项是考验治疗犬的耐心，要它们端坐若干时间。当还有一分钟就要结束考验时，考官突然放出一只猫从犬的面前飞跑而过。我的那只考试犬没能经受住考验，它看了猫一眼，浑身就不自在起来，坚持了若干秒，最后还是一跃而起，追那只猫去了，结果前功尽弃。

艾米女士说得很伤心，那情形像极了孩子在勤奋苦读之后却未能金榜题名的失意母亲。

艾米女士说，芝加哥的很多家医院都同她联系，请治疗犬到病房里施治，治疗犬供不应求，计划已经安排到了两个月之后。

前些日子，韩国的一家医院也请艾米女士带着治疗犬到他们那里进行现场操作。美国联合航空公司特地批准了这些治疗犬免费飞越重洋。只有最优秀的犬，才能得到这份殊荣。任务特殊，也有些艰巨。比如有一个科目，是让病人训练犬学会打篮球。治疗犬要乖乖地跟随着病人的脚步，进行这个训练。开始的时候，它们一窍不通，然后在病人的训练中逐渐进步，最后成功地掌握这个动作。这个训练，会让病人感受到成功，并且不厌其烦，学会交流和合作。

我说，这很有趣啊。

艾米女士说，若是我告诉你，我们的治疗犬早就掌握了打篮球的动作，但是它们要装出一无所知的样子，然后慢慢地进步，你觉得怎样？

我说，这是人都难以完成的作业。

艾米说，优秀的治疗犬能够成功地做到这一点。它们懂得循序渐进，懂得让训练者有成就感。狗非常忠诚，它是把人当成它的头狗来效忠的。

告别的时候，艾米女士和治疗犬一道欢送我。我一一抱起治疗犬，表达一名人医生对四位犬医生的敬意和谢意。我问艾米女士，哪一位是珊妮？

我想，那只威武高大的母犬应该是珊妮了，好像含威不露的资深女医生。

没想到，艾米说它的名字叫采茜。至于珊妮，是这里最好的治疗犬，所以整个队伍以它的名字命名，叫作珊妮兵团。不巧的是，珊妮今天出诊去了，到病人家里做治疗，很晚才会回来。

　　无缘见到这支部队的总司令，甚为遗憾啊！沿着陡峭的楼梯走下时，我故意把脚步放慢，期待着，也许正赶上珊妮出诊归来呢。

在北欧游轮上

在心理学里有一种人格名称，叫作"T型人格"，也被称为
"海盗人格"……据说，爱因斯坦就是这样的人。

从芬兰到瑞典，我们乘坐的是维京号游轮。也许是因为
泰坦尼克号留下的印象太深刻了，我上船的第一个动作就是鬼
鬼祟祟地瞟着船的两舷，想数数救生艇的数目够不够。其实数
也是瞎数，谁知道船上有多少人呢？

到了吃晚饭的时候，就大概知道有多少人了。晚饭被安
排在9点半，即使此刻是北欧的白夜期间，太阳下班很迟，这
个时辰吃饭也还是相当晚了。导游跑去联系，企图把我们的吃
饭时间提前，未果。游轮方面的答复是：食客众多，只能分期
分批地享用大餐，已经安排在这个时间，无法更改。

入乡随俗吧。

时辰到，进了餐厅，真是蔚为壮观的饕餮大军。自助餐
形式，几百个不锈钢的食槽彻头彻尾地敞开心扉，各色食品竭

尽全力讨好你的视觉嗅觉，透过它们和你腹中的肠胃打招呼。无数人端着盘子，在美味之中遨游，如同饥饿的鲨鱼。

餐厅位于整个游轮的正前甲板处，四周都是玻璃，可以把它想象成行进中的水晶宫，游客们就在这座劈风斩浪的宫殿里，有惊无险地大快朵颐。

得知我们能够在维京号游轮上享受美食，送我们上船的芬兰导游不胜羡慕地说，我到芬兰7年了，都还没有乘过游轮。据说船上的大餐会让你一辈子难忘。

中国人吃饭好扎堆，有了美景、有了美味，当然还要有佳客，说说笑笑当作料，才有滋有味地惬意。伙伴们很快就发现这愿望成了窗外波罗的海的一朵泡沫。餐厅能接待的人数有限，一批人抹着嘴巴走出，另一批人才能鱼贯而入。吃完的人散居在各处，腾出的位置也星罗棋布。这直接导致了我们虽然获准进入餐厅，但并没有现成的位置候着，全靠见缝插针。

没有那么大的缝隙，可以一下子插入这么多针，只能化整为零，分而治之了。

我端着盘子在熙熙攘攘的人流中寻找座位。一处偏僻的位置有一张两人小桌，一个黄种人在独自进餐。男性，个子不高，大约30岁的年纪，服饰整洁。我猜他是一个日本人，也可能是韩国人。说实话，哪怕有一线希望，我也不愿意和他同桌进餐，但环顾左右，桌满为患，再咽着口水四处游逛，有点难受。

我用汉语说，这里有人吗？

没指望他能听懂。在海外旅行的经历，让我有一个收获——你不会说当地语言也无大碍，大胆地自说母语好了。反正人们萍水相逢之时，能够交流的信息是有限的，配合着手势和表情，大致也能猜个八九不离十。千万不能钳闭双唇什么也不说，那才是真正的闭目塞听、一头雾水。

我相信以我端着盘子没着没落的样子，他一定能明白我的意思，摇头或是点头就可答复。没想到他非常清晰地用标准普通话回答我说，没有人，你可以坐。

我大喜过望。不单是因为有了座位，更是因为在这里遇到了同乡。我如释重负地放下盘碟，说，中国人？

他略微迟疑了一下，说，冰岛人。

我大吃一惊，说，你一个冰岛人，居然把汉语说得这么好啊！

他微笑了一下说，我以前是中国人，十几年前加入了冰岛籍。

原来是这样。我说，那你就是冰籍华人了。怎么称呼你呢？

他说，你就叫我阿博好了。

我坐在阿博对面，开始吃我的很晚的晚餐。动了刀叉之后，才发现这顿大餐并不像想象中那样诱人。不怪游轮上厨子手艺不精，是我失算。单凭目测一见钟情，拣来的食物多半口味诡异。比如一种美若珊瑚的红豆子，每一颗都像宝石放射光芒，我以为是外籍的红豆沙，舀了偌大一勺，抿到嘴里方品出拌了羊油和蜂蜜。平素我不吃羊肉。

炸鸡、蔓越莓、番红花鳕鱼、牛蒡扒、惠灵顿牛排、迷迭香、酸辣墨鱼、酪梨、红酒烤肉……你很难猜出色彩艳丽的食物中蕴含着怎样陌生的原料和味道。拣到盘子里就都是菜，不得不通通吃掉，以防服务生有微词。只是照单全收很辛苦，吃相也不轻松。

阿博看出我的窘态，慢慢地等我吃完，说，我和你一道再去添些食物。我知道有一些东西比较合东方人的口味。

有了阿博做向导，在食物摊中游弋，好比有了指南针，东西好吃多了，起码入口不再龇牙咧嘴。

阿博说，客人来自四面八方，游轮上各种口味的饭菜都有。

我说，没有看到中国饭啊。

阿博说，他们主要还是接待欧洲人，当然以西餐为主。以后中国人来得多了，他们也会做中餐的。

我说，你当年怎么想起到冰岛呢?

阿博说，我很想到海外留学，但我的成绩不是很好，美国的学校考不上，英国学费又太贵了，就到冰岛来了。在冰岛学习冰岛语，有奖学金，就这么简单。

我说，你喜欢冰岛吗？

他说，喜欢。不然我不会入籍。

我说，冰岛有什么好处，这样吸引你？

阿博说，第一是我喜欢冰岛的水。冰岛是个资源非常丰富的国家，特别是水，简直取之不尽，用之不竭。冰岛人口很少，又有广大的冰川，简直就是一个大水库。第二是我喜欢冰岛的风光，像月亮一样。

我有点搞不明白，就问他什么叫像月亮一样，是又大又圆的意思吗？

阿博说，我说冰岛像月亮，是指它的美丽和寒冷，还有荒凉。当然了，还有各种宝藏和让人充满了想象的寥廓空间。

我说，哦，明白了。第三点呢？

阿博说，第三是我喜欢冰岛的姑娘。她们热情豪放，敢爱敢当。如果喜欢你，就狂热似火地和你相爱。不喜欢了，就恩断义绝地同你分手，绝不拖泥带水。如果你变心了，就直截了当地告诉她，她也不会哭哭啼啼缠着你不放。如果有了孩子，她就跟你算清抚养账目，然后痛痛快快地奔自己的前程去了，再不会寻死觅活地找你麻烦。只是冰岛的法律很保护女子和孩子的利益，就算你是个富豪，如果离上几次婚，也就成了穷光蛋。

我说，看你对冰岛女子这样倾心，想必一定是娶了当地姑娘。

阿博说，曾经有过这样的想法。冰岛出美女，那里的女孩子也很阳光。她是我在一次圣诞节的聚会上遇到的，名叫黛比。我们一见倾心。那一天，正是北极圈内最黑暗的时分，天上出现了美丽的极光，是淡绿色的，横跨整个天穹，好像一匹无与伦比的绸缎，妖娆得令人恐惧。好在两个人在一起，什么都不怕了。那天我们喝了很多酒，分手的时候，彼此恋恋不舍。黛比说，咱们到乡下去吧。我说，这样寒冷，到乡下去岂不要冻死？黛比说，你跟我来，会把你热死。我就和黛比上了路。前几天刚刚下过一场暴风雪，公路上的雪虽然被铲雪机清除了，但两侧的积雪有好几米高，穿行在雪巷中，好像在童话世界。我随着黛比到了冰岛首都雷克雅未克郊外的一座别墅。房子几乎被皑皑冰雪掩埋，只有房顶高耸的壁炉烟囱证明这里曾有人居住。

冰岛的富人通常在郊外都有这样的住所，主要是夏天时来游玩，到了冬天，这里就人迹罕至了。我说，黛比，你有钥匙吗？

黛比说，这是我亲戚家的房子，我有钥匙，但是，没带。

我说，这不和没有钥匙是一样的吗？黛比说，当然不一样。我有钥匙，说明我有支配这套房屋的权利。我说，权利是一回事，我们进不去，这就是另外一回事了。

黛比说，谁说我们进不去呢？

我说，没有钥匙你怎么进去呢？

黛比说，这太简单了。说着，黛比走到窗户跟前，扒开积雪，用靴子猛地扫了过去，玻璃应声而碎。黛比矫健地跳了进去，然后从里面把房门打开。我大吃一惊，说，你近乎强盗了。黛比笑起来，说，维京人的祖先就是海盗。

那一次，我和黛比在乡下的别墅里待了三天三夜。屋内储备有很多罐头食品，还有饮用水，我们吃穿不愁。取暖和洗澡也没有问题，设备很齐全。窗外是极其寒冷清澈的星空，身边是极其温暖柔软的姑娘。三天以后，我们回到都市。黛比对我说，咱们到此为止吧。

我大吃一惊，说，为什么，我们才刚刚开始。黛比说，我有男朋友，只是这一阶段他不在。现在他就要回来了，我们就结束了，这就是一切。谢谢你给予我的美好感受。说完，她就翩然而去。

我知道这对黛比来说很正常，但我难以接受，久久伤感。后来，我决定还是找一个中国的传统女性做妻子。文化这个东西，像胃一样，换不掉的。

阿博举起一杯酒，我用手中的矿泉水和他碰碰杯，预祝他早日找到中意的中国新娘。

吃罢晚饭，已近深夜。我到船上的免税商店转了转，里面也是熙熙攘攘、热气腾腾，人们提着装满酒和化妆品的袋子，兴高采烈。还有很多娱乐设施，因为疲倦，听说人也很多，我就没去浏览。

这艘游轮就叫作维京号。维京人（Viking）是日耳曼人生活在斯堪的纳维亚半岛地区的一支，也称诺狄人①，至今德语中的"北"仍和此发音近似。维京人人口不多，却是欧洲历史上影响很大的一个种族。据说，他们的足迹北达格陵兰岛、冰岛以及俄罗斯腹地，南及地中海南岸温暖的亚历山大港，西抵不列颠群岛，东达北美洲东北部。他们在这些地方耕种、放牧、交易，凭着当时欧洲最出色的航海技术，到处拓殖和贸易，在今瑞典、丹麦、挪威等地安营扎寨。连远在加拿大的圣劳伦斯湾也曾是维京人的殖民地。近东的拜占庭有精锐的维京人雇佣军团，英格兰、爱尔兰、法兰西都曾有他们的占领区和政权。现代英语中最常用的词汇有很多来自维京语。英国东北部的很多村庄至今还沿用维京地名。法国船长口令中的"左"（bâbord）、"右"（tribord），也是维京航海家留下的。爱尔兰的首都都柏林的奠基人也是维京人。

维京人的基本生活方式是农耕，他们的农庄以家族为单

---

① 即"Nordic"一词的音译。——编者注

位。但他们并不是自给自足的小农，他们还下海捕鳕鱼，腌渍以后卖给西欧人。他们从事国际贸易，有石制、陶制、木制以及兽骨、兽角制成的日用器皿、金属制品、毛纺织品、珠宝饰品等。这种传统沿袭至今，只不过贸易的品种改成了集装箱码头、战斗机、轿车和移动电话。他们还大量倒卖各地土特产，考古中发现的存货就有斯堪的纳维亚的磨刀石和染料、荷兰的布匹、地中海的丝织品等。

严酷的环境和落后的生产方式，使维京人的文化处于相当原始的状态。神话、英雄史诗都在吟游诗人口头上流传。维京人是尚武的。他们的神谱中有两大神系，最崇高的主神名叫奥丁，属于阿萨神族，与雷神索尔为伴。他创造了世界上的一切，并拥有全部的知识，但最重要的是他是战神，主宰生死。另一个被称作瓦纳的神族，由弗雷和他的妹妹弗雷娅组成，相对温柔些，主管繁殖和财富。维京人信仰骁勇善战，宣称懦夫将被送进寂寞的地狱，而勇敢战死的人则升入乐园瓦尔哈拉。

实话实说，我觉得北欧的自然环境挺恶劣的，如果没有那些郁郁葱葱的树木，简直就是穷山恶水。在这里生长的维京人，如果不彪悍，早被别的部族消灭或赶走了。他们敬畏大自然的力量，相信谁都战胜不了命运的安排。好在他们也达观，相信彻底的毁灭之后将是新一轮重生，周而复始，生生不息。

维京人并非没有文字，只是北佬 ① 传下来的由 24 个字母组成的书写体系比较原始，又没有好的介质，只好刻在木头和石头上，这样就只能作为记录而不方便交流。为了刻画方便，这些字母都由直线和折线组成，没有现代字母的曲线，如现在的"O"是圆圈，而当时则是个菱形。这种文字是后来的英语的原型。而沉郁寡言的维京人还嫌 24 个字母太复杂，逐渐给简化成 16 个，他们的表达能力就更差了。有时候人们就把维京人简称为"海盗"。

我不知道阿博在雷克雅未克遇见的女子是不是一个海盗的后代，但她的那种性格显然和生长在温带的中国人有相当大的不同。

在心理学里有一种人格名称叫作"T 型人格"，简称为"海盗人格"，代表着创造性，外向型，爱冒险，喜欢生活多姿多彩，喜欢让生命力得到淋漓尽致的发挥。他们喜欢追求新奇和未知，喜欢不确定性，喜欢复杂与刺激，爱把生命搞得像"一次事故"。有生理学家研究指出，这些人与生俱来有一种"刺激"基因，需要经常性的强力刺激，才能保持生命的张力和兴奋，只有不断地冒险，他们才感觉到自己还活着。

据说，爱因斯坦就是这样的人。

---

① 此处指古代北欧人。——编者注

也许，黛比就是这样的人。

突然记起阿博的一段话。阿博说，他和黛比分手的时候，天空中也飘荡着北极光。这一次的北极光是橙红色的，披散着，很凌乱，好像火焰或者是巫婆的眼光。

我说，什么时候才容易出现北极光呢？

阿博说，有三个条件。

阿博很喜欢把问题梳理成几个点，也许因为他是学管理的吧。阿博说，最容易出现北极光的日子，第一是要在冬天的12月。第二是要天气特别晴朗，如果有大风的搅动，极光就会躲藏。第三是要特别寒冷。

阿博说，真奇怪，那三天都有北极光出现，第二天晚上的北极光是金蓝色的，好像深海的海草，也像黛比的头发。

清早起来，我站在甲板上，呼吸着海风传递的湿润气息，渐渐地接近了港口。瑞典到了。上岸的时候，我又看到了阿博。彼此间隔着很多拉杆箱和双肩包，我们只是微笑着颔首，算是招呼，也算是告别。

旅途就是这样，我们会在某个地方以出乎意料的方式遇到某个人，彼此一点都不了解，却说了太多的话。

从此天各一方，也许永不相见。祝福他。

海明威的最后一分钱

我在那座葱绿的院子里，除了记住了海明威的旷世才华，还感受着他的率真和独特的个性。

基韦斯特是美国本土最南端的一座小岛，东西长约 6.5 公里，南北宽约 2.4 公里，像一只胖而舒适的卧蚕，睡在蔚蓝的海中。战争年代，由于基韦斯特独特的地理位置，这里是兵家必争之地。

我选择到基韦斯特一游，不是因为战争，或者说，也是因为战争——一位擅长描写战争的伟大作家曾在这里生活过，他就是欧内斯特·海明威。

20 世纪 30 年代，声名初起的海明威厌倦了大城市的繁华生活，想换换口味。小说家约翰·帕索斯向他推荐了佛罗里达州的小岛基韦斯特。这座岛与美国大陆的距离比与古巴的距离还要远。地处墨西哥湾和大西洋交汇的水域，岛上长满了红树林、棕榈、胡椒、椰子、番石榴……天空中飞翔着蓝色和白色的海鸟，云彩堆积着，巍峨得好像奇异的山峦。海水由深邃和清澈，变得近乎紫色，赤红色的水母遨游着，和天边的霞光呼应，构成了诡异的光柱。岛上居住着西班牙和古巴的渔民，是早年捕鲸人的后代，民风淳朴。海明威欣喜若狂地说："这是我到过的地方中最好的一个，我一点也不留恋大城市的生活。纽约的作家，那都是装在一个瓶子里的蚯蚓，挤在一起，从彼此的接触中吸取知识和营养，我想躲开他们。"

基韦斯特岛的确非常美丽，让人沉醉而迷惑。但我想不通，在如此妖媚的阳光下，海明威哪里来的心境去描写流血的战争？我有个不登大雅之堂的心得，总觉得作品是某种地理时空的产物，就像野菊花是旷野和秋天的合谋。可能为了迅速纠正我的谬误，夜里，就让我见识到了加勒比海一场骇人的风暴。暴烈的阴云和能够置人于死地的狂雨让我明白了，这里的天空和海洋可以比拟任何战争与和平。

海明威在这座小岛上写下了《永别了，武器》《午后之死》《胜利者一无所获》《非洲的青山》《有钱人和没钱人》《第五纵队》《西班牙大地》以及《丧钟为谁而鸣》的一部分……这些小说，凿成一级级花岗岩阶梯，送海明威到达了不朽的山巅。

海明威来到基韦斯特定居以后，先是住在西蒙通街，后来搬到了怀特海德街 907 号，现在对游人开放的就是 907 号故居。它坐落在一条短短的安静的小街上，回想近一个世纪以前，这里一定更为清冷。宽大的庭院，一栋白色的二层楼房，绿得不可思议的树和曲折的小径。走进故居，首先接触到的是无数只猫以豹子般勇敢的身姿，在你脚下乱箭般窜动。这可能是世界上最无人管教的家猫了。还有一些猫不成体统地睡在小径的中央，袒胸露乳、放荡不羁。刚开始我几乎以为它们是死猫，它们委实睡得太沉醉了。别看这些猫其貌不扬（以我有限的知识，觉得它们是一些平凡的猫，绝无名贵之种），但它们的血统直接来自海明威当年豢养过的猫，个个是正牌后裔。它们气定神闲、为所欲为，赋予海明威故居勃勃生机。它们是大智若愚的，对所有的访客不屑一顾，心知肚明，自己的祖上才是这厢真正的主人。

我在海明威的故居内轻轻地呼吸。

这套房子是海明威的第二任妻子宝琳的叔父于1931年送给宝琳的礼物，海明威在这里生活了八年。房子原先是栋西班牙风格的古典建筑，年久失修，门槛腐朽，墙皮脱落，房顶和窗户也有很多破损。海明威着手组织工匠把房子从里到外来了个大改造。这不是项小工程，尤其是设计方案，有很多是海明威自己完成的。

现在看起来，这是一套舒适而井然有序的房子。我原来以为海明威的写作间是阔大的，按照房屋的规模与格局，他完全有能力为自己做这样的安排。室内的陈设，估计很可能是凌乱的。但是，我错了。工作间异常整洁，面积也不算很大，铺着黄色的木质地板，齐胸高的白色书架靠在墙边，古典的西班牙式的圆形写字台摆在地中央，阳光充足得让人想打喷嚏。在介绍海明威的书籍里，写着海明威习惯站着写作，他常常把打字机放在书架的最上一层。但在海明威的故居中，我看到的打字机还是规规矩矩地放在写字台上。

海明威还有一个我觉得很女性化的习惯，就是爱收藏小动物玩具，比如铁乌龟、背后插着钥匙的玩具熊、小猴子和长颈鹿造型的小工艺品……我在一些名人故居经常看到的是名贵的收藏品，显示着主人的身份。但是，海明威不这样，他让人看到的是一个大作家的率性和真实。

让我留下特别印象的——是海明威的孩子的卧室，地砖的颜色如同韭黄般鲜嫩。解说员告知，这间房屋的设计是海明威亲自完成的，铺地的材料是海明威专门从法国订购来的。

我偷偷笑笑。平心而论，和整套住宅华贵精致的风格相比，海明威为自己的孩子设计的卧室，谈不上出色。不敬地说，甚至有支离破碎的堆砌之感。但我想，他一定倾注了极大的爱心，单是把那些颜色暖亮得如同咸鸭蛋黄的瓷砖一路颠簸地运到这座小岛上来，就让人的心情从感动演化成嫉妒。不是嫉妒海明威的富有，而是嫉妒那孩子所得到的眷爱。

海明威的庭院里，有一座露天游泳池。出门就是天然浴

056

场的岛屿，从咸水的怀抱里掬出一座淡水游泳池，即使在今天，也是奢侈。更不消说，海明威是在近一个世纪以前，一举完成此项工程的。那时，这颗淡绿色的葡萄，是整座岛上的唯一。

在更衣室和游泳池之间的水泥地上，有一块灰暗的玻璃，落满了尘土。解说员将浮尘拭去，让游客看到一枚硬币镶嵌在水泥中央。由于年代久远，币面显出苍老的棕绿。

这就是那著名的一分钱了。在观光手册上写着："海明威曾用两万美元修建这座全岛唯一的淡水游泳池。他说过，要用尽最后一分钱来建造。他做到了，于是在完工的时候，他就把自己的最后一分钱镶嵌在了水泥地上。"

浪漫而奢华的故事。海明威一掷千金为博红颜一笑，有点帅哥的味道。我却多少有些不明白。既然是求奢华享受，就不要这样捉襟见肘。就算捉襟见肘，也不要公告天下。就算要公告天下，也要做得好看一些。这枚锈绿的硬币，歪斜着，尴尬着，好像一张肿了的苦脸。

我把自己的想法对解说员说了。那是一个被热带阳光晒出一身麦黄肤色的青年。他说，自己祖居基韦斯特，对海明威很了解。

那一分钱的真相是这样的。他陷入了沉思。

海明威的妻子宝琳执意要建造岛上第一座淡水游泳池。

在她看来，这不但是一种享受，更是一种地位和财富的象征。海明威出于爱，答应了这个请求。家中当时并不富有，两万美元不是一个小数目，海明威抖空了钱袋的缝隙。施工很混乱，预算被一再突破。有一阵，几乎要半途而废。海明威殚精竭虑，把最后一分钱都榨了出来，才艰难地完成了这座划时代的游泳池。为了表达这份窘迫和来之不易，海明威把一枚硬币镶嵌在这里。

海水拍打着珊瑚礁。往事已经湮灭在不息的浪花之中。我不知道在众多的海明威传记当中，还有没有更权威、更确切的说法，关于这一分钱，关于这座来之不易的游泳池。

从故居走出，我们在海明威生前最爱去的那家酒吧点了一种海明威最爱喝的酒，慢慢呷着。我想，我愿意相信解说员的解释。因为他那麦黄色的皮肤是一个强有力的注脚。从依然明亮的瓷砖到早已暗淡的游泳池，我在那座葱绿的院子里，除了记住了海明威的旷世才华，还感受着他的率真和独特的个性。

海中央

这一生，如果有机会到大海的核心部分走一走，请千万不要错失。

连续航海，海浪如同一页又一页连续打开的书。深夜，走上甲板，突如其来有种想跳入海中的冲动。我不恐慌，但对自己的这种念头好奇。刚开始以为只是我的个人幻觉，后来问了好些人，居然都有这种百思不得其解的危险时刻。想啊想，终于明白。生命来自海洋，在每一个细胞里，都储存着对海洋的眷恋和记忆。在某些特定场合，它魔咒般复活，押解我们的身心同人质一般——随它回到远古时代。

黄昏黎明时分，我在海中央看海。大海苍天，只有你一人夹在其中，天人合一之感，醍醐灌顶。船是特殊的载体，当它蹒跚于大海之腹，远离陆地，放眼四野，围绕眼帘的都是圆滑到无可挑剔的海平线，凡俗的世界悄然遁没。

所有曾经的烦恼、芜杂的人际关系、不堪回首的悲苦，还有层出不穷的愿望，都像被船桨切断的海草，漂浮而去。只有让人灵魂出窍的蔚蓝色，由于深达几公里的摞叠，化作近乎黑色的铁幕，如同襁褓一样包裹着生灵孤寂的肉体和灵魂。

当什么都不存在的时候，关于存在的思维就会活跃。

夜幕下的海，纯净剔透的黑与蓝交织，天幕是银光烁烁的星。你只想爬上星辰，让尖锐的星芒直抵掌心，感受冰冷的刺痛。任何认为星辰不可以爬上去的常识，此刻都是谬说。你无比孤独，而且绝望地发现，它是不能战胜的。

人生真是太短暂了，和时间相比、和夜色相比、和海洋相比……哪怕是一朵浪花，也比人更长久。它永不疲倦地涌动着，没有死，也没有生。或者说它无时无刻不在死亡之内，也无时无刻不在涅槃当中。你不能说一朵浪花死去，就像你不能说一朵浪花在何处诞生一样。

必先确立了人生的虚无，然后才能确立人生的意义啊。

海在海中。风在风中。

你想知道什么是彻头彻尾的虚无吗？你想死心塌地灰心丧气吗？你想就此归去，给人生来一个总结，有一个新的开始吗？你想从此不惧死亡，兴致勃勃地走到人生的终点吗？如果你的回答是"是"，那我向你推荐一个地方，帮助你解决上述问题，那就是——海洋深处。当然了，我这个深处，说的不是大海的底层，那不是我们寻常人等去得了的地方。深处，是海的胸膛之上，在渺无人烟的苍茫波涛之内，思索。

是的，波涛之内，而不是波涛之上。有人说，我常常到海边散步，看到过海的各种表情，比如海上日出，比如海的朝霞、晚霞，比如海上的暴风雨，比如各式各样的船……的确，这些都是海，可都不是我说的海。这是海之表层，不是海之脏腑。

法国 17 世纪最具天赋的数学家、物理学家、哲学家帕斯卡，曾将人定义为"无穷大和无穷小之间的一个中项"。不，在理论科学和实验科学两方面都做出了巨大贡献的帕斯卡，这一次说错了。没有中项。人只是无穷小，海洋才是无穷大。

作为巨大的偶然，我们降生人间。我们所具有的唯一能量，就是有目的地向着一个既定方向前进。这个方向在哪里呢？

在航行中，辽阔水面尽收眼底，澎湃的海浪不停肆虐，你无可逃遁地要得出一个关于方向的答案。在海洋上，人会变得极其单纯，完全丧失了思索的能力。这并不是悲哀，海洋以它无与伦比的壮阔，已经给出了答案，不必渺小的生灵再来费劲儿地思考了。

一朵浪花，若离开海洋，片刻之间就会萎缩。时间之短，我相信任何一种陆地上的短命花卉，都会比它开得长久。太阳会晒干它，烈风会吹飞它，鱼会把它吞入腹中，云会把它吸走，雾会把它裹挟而去，雨会把它当作阵营中遗失的一滴，蚌会把它摩挲成珍珠的雏形，人会把它当作坠落的眼泪，咸而且苦……身为浪花，能让自己永不枯萎的秘诀只有一个，那就是汇入丰饶无迹的集体中。无数浪花聚集一处，成就波峰浪谷，托起巨轮，掀动风暴。它们永不止息地歌唱，没有开端也没有结尾地飞来荡去，在经历 1000 次毁灭后获得 1001 次重生。

人的生命也是一样的。就个体来说，是多么惨淡啊！连一朵浪花也比不上。浪花们互相紧密连接，你无法将一朵浪花和另外一朵浪花分离，它们从本质上密不可分。先天的属性，让它们从不孤独。但是，我们不行。人有皮肤，在皮肤之里，是自我的界限，在皮肤之外，是他人和自然的范围。人必须有意识地走出自己的皮肤，和同伴们找寻精神上的依存。这不单单是互相帮助，而是从本质上使自己一生不再渺小、不再脆弱的唯一法宝。

这种连接，有一个看起来很普通的名字，叫作——关系。关系分为很多种，疏离和密切是最基本的分野。密切关系是有魔力的，成也萧何，败也萧何。如果没学会处理关系，或者处理失当，你就无法享受人生的乐趣，你会时时被各式各样的烦恼所袭扰。你头痛医头脚痛医脚吧，你天天疲于奔命四面楚歌吧，你按倒葫芦浮起瓢吧，你屋漏偏逢连夜雨吧，你破船偏遇顶头风吧……总之，如果你不断地倒霉，如果你时不时地在被厄运抽了一个嘴巴之后，又是一连串的嘴巴，如果你百思不得其解，不知自己得罪了何方神圣，为什么诸事不顺，永远是一个超级倒霉蛋，那么，恕我像女巫一样直言——是你的关系出了问题。

看看大海，看看浪花们。它们如此平等，如此团结。没有高低贵贱之分，没有东西南北的区别，天下浪花结成一家，遇风则啸，遇雨则飞。风平浪静的时候，缀成一块硕大无朋的蓝缎，大智若愚般微微抖动，与天公比试碧蓝和寂寥。大海养育了多少生灵啊，地球上最大的动物——蓝鲸，就生活在海洋中。我在美国的博物馆见过蓝鲸的标本，浮游半空，孤悬于万千海洋生物之上，如乌云蔽日，体积大到难以想象。仰望蓝鲸巨大而美丽的流线型身体，我不由得想，它活着的时候，每天要吃多少食物啊？需要多大的疆域才能养活它，才能让它活动开身体腾挪扭转？需要多大的浮力，才能让它保持优雅游姿，不至于一个跟头沉没？它怎么长到这么大体量？那是怎样一段进化的漫漫长征，需要一个多么丰饶诡谲、无拘无束的舞台啊！

是海洋托举了它。海洋是蓝鲸的摇篮。

海洋中物种的丰富，远远超出了我们的想象。特别是深海，更是一个远远没有叩开大门的宝库。

这种荡涤灵魂的经验，可以从大海的涟漪、风暴的吼声、海鸟的奏鸣和海豚的跃动中习得。倾心体会大自然的旋律，待身心与自然融为一体，光明自然体现。

关于海洋，我们知道得太少太少。然而仅仅已知的这一点点，已经让我们倒头拜叩，肃然起敬。这一生，如果有机会到大海的核心部分走一走，请千万不要错失。如果没有机会，请千方百计地创造一个机会，你一定所获甚丰，大呼过瘾。

也许有人会说，我常常到海边去。哦哦，海边和海中央，是不一样的，就像树叶和树根的不同。树叶青翠可爱，但你看到树根的时候，会感觉到深邃的力量和不可预知的神圣。这时再来看树叶，你只会感觉到精致和稍纵即逝的脆弱。

万万不要满足于在海洋馆、水族馆这类地方的浏览。国外的超豪华饭店，已经把鲸圈养起来了，真是悲哀！我在迪拜亚特兰蒂斯酒店，看到玻璃幕后假装自由自在的鱼，悲哀顿生。充其量它算海洋的藏书票，海洋干涸的微缩版。如果曾膜拜过真正的海洋，在亚特兰蒂斯你会有哭泣的冲动。这还不是最悲惨的，如果一个人从来没有亲近过大海，首先是在海洋馆里看到了海水，由那里得来的印象去想象海洋，他就陷入了猥琐的幻觉、人为的陷阱。

听我一句劝。一辈子都没有机会深入真正的海洋，并不遗憾。因为你还可以想象。人的想象力，是世界上最汹涌澎湃、扶摇万里的疆域，可以掀起飓风，可以托举起几十万吨的巨轮。千万不要让别人出于营利的目的，在你的脑海里信手涂鸦，荼毒世界上最雄壮的景致。

海洋是一所大学，教会我们生命的感悟。浪花就是无数位教授了，虽无职称，但日夜授课，永不言倦。

海洋带着永恒的苍凉，把你关于这个世界的所有表浅认识，都颠簸着飞扬起来，发生碰撞和杂糅，而后扫荡一空。举目四望，你是如此孤独，天空和水永远在目光的尽头缝缀在一起，包围着你，呈现出博大的哀伤。你知道自己是一定要灭亡的，而大海则永远存在。

在这颗蓝色星球上如跳蚤一样生活的我们，能看到多远？美国环境学家罗德瑞克·纳什有一个科学理论，认为从过去到现在以至未来，人们遵循着如下范围，逐步扩大着自己的视野和爱心疆域。首先是自我，然后是家庭。这当然不难理解，原始人就是这样走过来的。再之后是部落，然后是国家。国家是扩大了的部落，是很多部落的联结。在国家的更远处，就是人类。当我们有了更多的余力之时，就会更多地关注动物，之后的顺序便是植物—生命—岩石（无机物）—生态系统—星球。

在大海上，充沛的爱意会像卓越的三级跳远，快步腾挪而去，从"一己"跨越到"星球"。我们只有这一个地球，千真万确。

绕地球一圈走过来，我深刻感觉到，地球人，都是住在一套单元房里的亲戚。有些人富一点，有些人穷一点，但大家从骨子里来说，大同小异。平等不是一个谁赐予谁的施舍和空话，而是一种生物进化的必然。

　　祸害了中南美洲的森林，就是糟蹋了自家的后院。掠夺了亚洲的财富，就是亲手把船凿下一块板。喷出越来越多的二氧化碳，就是在自家放火，屋顶已经烧出了一个洞……

　　大自然大智若愚，它什么也不说，只是把人们紧紧地联结在了一起。有难同当，有福同享。它公正并且——冷酷，如果不觉醒，等待我们的就是灭绝。地球上的人类，只有自己救自己。那种以为靠着掠夺他国人民就能维持自家超级繁荣的美梦，有些人已经醺然不觉地做了好多个世纪。如今，21世纪刺眼的光照，不客气地把他们唤醒。

　　地球绝非我们想象中那样广大和坚强，从某种意义上讲，它脆弱到不堪一击。

　　所有的海水都是相连的，在广阔的洋面上，我们无法区分这一滴水来自大西洋还是印度洋。海鸟是没有国界的，海豚是没有国界的，海草是没有国界的，污染也是没有国界的。最后买单的还是全地球的生灵，无论是发展中国家还是发达国家，在污染面前，人人平等。

　　我喜欢海上的风将云彩搅散的声音，还有海豚跳起的噗噗声。光的温暖远在乌云之上，你感受不到，但仍坚信它的存在。亲身体验能使人确立世界观并因此改变行为。人类已融合在一起，悍然难分，像海在海中，风在风中。

夫妻双双把家离

不必太羡慕那些到处游走的情侣，你看到的，不过是他们愿意晒出的孔雀开屏。

每个人获得快乐的方式，可能因性格、时代、条件、文化等有所不同，甚至可以说千奇百怪。不过基本的出发点应该是对别人无害，若能多少有点益处，自然是更好。说起来，旅行算是比较简单易操作且大众化的一种。

旅行并不总是风花雪月、十里明媚的，往往藏有很多意外、困窘甚至危厄险阻。如果你不是自由行而是参团，不是单人间，就会和一个陌生人同眠同宿，亲密无间如一场临时夫妻。挑个合适的旅伴，万分重要。甚至有人说，旅行这件事儿，不在乎你到什么地方去，而在乎你和什么人一起去。以我个人的经验，到什么地方去与和什么人一起去，大致同等重要，各占 50% 吧。

随团出发，一般要住双人间。旅行社的报价，也是基于这种布局。在旅行文件中，基本上都有一句话："如需单独住宿，请交单间差。"若选了这条，意味着至少要多支出30%的费用。

我有个朋友，总是独自出行，常交单间差。我说，冤不冤？他回答，冤倒是不冤，只是孤独。我说，那你为何不结伴而行？他说，除去家人，要想找个合适的伴儿出行，并不简单。彼此的作息时间、秉性、生活习惯要基本相容，最好还是同一阶层的，不然容易嫌贫爱富。和不投缘的人住在一起，不如单打独斗。

听着，有点像独身主义宣言。

有一说法：两个人适不适合结婚，请一同出趟远门，回来后再做决定。一些平素看不出来的毛病，旅途中会被放大。

一朋友之女，结识一男生。两人相恋到了谈婚论嫁的阶段，却总是说着说着就崩了。过了一段时间，不知何故，又各自折返，充分体现了"分久必合，合久必分"的规律。朋友不看好他们的恋情，求我出个主意。我便将"共同旅行可作为结婚试金石"一法，传授与她。

说起来，这陌生男女是否能结为终身伴侣，乃世上最变幻莫测之事。除了三观尽可能相容，女生于大节之下，也比较注重细节。家常日子，是细节集中营。常规情境下，有些男生追索芳心极善伪装，为达示爱之目的，送花、赠礼物，处处打点，面面俱到。女生也一样，精心打扮、巧加掩饰，尽量呈现出自己最好的一面。若同去旅游，情景突变，常规之外的险情时有发生。突袭之下，人不容易妥帖伪饰，较易暴露本性，便可仔细斟酌。

朋友从善如流，建议恋人们不妨先去旅行。年轻人兴高采烈又不乏茫然地出发了。

女孩母亲说，我觉得他们俩不相宜，回来准得吹。

我说，耐心等待结果吧。

两人归来，说在外面的日子万分开心，情分增进了不少。

女孩母亲沮丧地说，看来他们经受住了考验。

我说，好啊。适不适合结婚这件事，全看当事人的自身感觉。父母的判断作不了数。你就祝福他们吧。

母亲也就死了心。却不想，男女青年回到庸常生活中后，又恢复到三天一吵五天一闹的地步，旅游时的琴瑟和鸣完全烟消云散。

母亲困惑地说，我出钱让他们去最好的地方，住最好的酒店，吃最好的饮食……却不想落了个这样的结局，一切又都回到了原点。你推荐的这块旅行试金石，不灵啊。

我吃了一惊，问，此次旅行是你出钱？

她说，是啊。我估计回来后准得散摊子，彼此留个最后的美好回忆吧。

我惊叹，还吃最好的？住最好的？玩最好的？

她点头道，是啊。要不怎么能算美好回忆呢。

我苦脸长叹，说，错就错在这里。也怪我没说清楚，这旅行考验人的感情，要在艰难困苦之中。就剩一口食了，谁吃？两人意见分歧的时候，怎么协商解决？出了问题，是推诿还是担当？遇到复杂情况，如何分析判断？怎样才能化险为夷？一路风餐露宿历经坎坷，彼此增进了解，进而生出亲人的感觉……如果你一切都给安排妥当了，既无财务危机也无意外顿挫，粉红玫瑰蜜里调油，哪里还能看得出真性情？

朋友苦恼道，敢情我这钱是白花了？

我说，旅行识人，要有考验人的外部情境。这一次，你就当出钱买个经验吧。

行走中，伴侣会为一些鸡毛蒜皮的小事指责对方，小分歧得到了旅途的营养液浇灌，会像雨后蘑菇一样迅速膨大，变成水火不容的大争吵。男人放下绅士面具，女子也不再贤淑。吵着吵着撕破脸，或许进入无休止的恶性循环。再好的风景也会褪色，期待丧失温度，彼此渐渐麻木不仁。两人很可能开始忆旧，不是念及两人往日的温馨时光，而是互相数落对方的不是，旧恨新仇涌上齿间，一逞口舌之快。更有甚者，会在想象中美化单身时的刻板生活，故意渲染对各自同事和朋友的挂牵，两人渐行渐远，陷入困惑与孤独。随着逐步形同陌路，双方终就一点达成一致：摩擦这么深重，咱们暂且分开一段时间吧。典型的说法是——我想自己待一会儿；你让我独自静一静……

事情到了这份上，彼此都暂且松了一口气。结局基本上可以想象得出来，暂时的冷却，很可能变成久远的离断。

缘尽。

旅行并不是彩色气球的浪漫童话，而是真实的艰辛跋涉。不必太羡慕那些到处游走的情侣，你看到的，不过是他们愿意晒出的孔雀开屏。在你看不到之处，自有琐碎与幽暗，藏在疲倦和分歧中。

情侣外出旅游，吵架就像地方小吃，人无法克制自己的欲望。有 79% 的人承认，他们在两周的休假中，至少有两次大吵。我认真回忆了一下和老芦的南极行，惊天动地的大吵好像无，似可归入剩下的 21%。

又有统计说，62% 的人承认，在假期中他们每天都意见不合。结合实际想一想，南极行中，我和老芦在约三分之二的日子里，意见不合。之所以没有酿成大吵，皆因我不断退却求和。

6% 的夫妻旅行者坦诚承认，发生了无法解决的纷争且难以取得共识，负气分房而睡。

这一点，很多中国夫妻不这么做。不是不存在无法解决的纷争，剑拔弩张，可想另开房间，就得再掏一份房钱，有那个心没那个力。一般人多采用冷战方式，虽在一个屋檐下，但视对方为无物。

夫妻一出门爱吵架，看似不可思议，实乃千真万确。英国有人研究，说旅行中造成夫妻或恋人之间争执的首要原因，是男士目不转睛地注视其他女性。

频繁的旅行争执，如何是好？旅行专家和心理专家合谋开出的方子是——"妥协"。

旅游充满了妥协。不光是与伴侣妥协，还要与天气、航班、旅行计划、导游、饮食等不断妥协。往极致里说，只有你学会了妥协，并安然接受妥协，才可能有一段美好的旅程。

当然，妥协有限度。那就是——以独立为前提、以底线为原则。可以适当让步，但不能丧失人格。双方都得以避免冲突为目的，达成平衡和共识，结局是要有个统一的协议浮出水面。

可能有人会说，这太复杂了，本来出去玩就是为了散心，现在成了会议桌上的谈判了！

你说对了。现实生活中，不是每个人都有机会到桌面上发表意见、做出决定的。但旅行中，你得事必躬亲。俗话说，在家千日好，出门一时难。俗话说，智者千虑必有一失。如果你发现了纰漏而缄口不提，那会让共同的旅行在安排上有所欠缺。

如果你是霸道的一方，一切我行我素，你能否看到绝世风景我不知道，但你们一定会垂头丧气铩羽而归，这我敢打包票。

为了我们好不容易才开启的旅行，请学会妥协。

妥协并不是一味的退让，而是巧妙的谈判。谈判是个好事情，已成为社会交往中不可缺少的必要程序。它首先让双方了解彼此的共同利益。这一条落实到旅行中，很简单啊，就是走出家门看风景，力求平安并让快乐最大化，增进彼此的幸福感。有不同意见是正常的，适时将妥协君请出来调停，比其他方法更便捷有效。

妥协之后，要有个协议，大家都遵守，波折就化解了，团结就出现了。

我读书少，以前对这个"妥"字，印象不良。你看嘛，上边是个爪，下边是个女。爪下之女，屈辱和被迫的姿态啊。不过随即生出疑问，既然"妥"字这么窝囊憋屈，为何"妥"字组成的词语，寓意却相当良善呢？比如"妥帖""妥善""妥当""稳妥"，等等，不一而足。

带着疑问学习，方知这个"妥"，乃会意字。从字面上看，从"爪"从"女"。爪指手。此字解释到目前这个程度，和我的印象相符。后面的解释就大相径庭了。它的实际意思是——得到了女子，就安稳、安定了。《说文》中有言：妥，安也。

哈！原来这个"妥"字的本义是安稳、安定。手中有女方太平，带有男权社会的胎记。

"妥"当动词用的时候，有落、垂之意，引申为安置。

说完了"妥"，咱们再来说说这个"协"，它也是会意字。左边的"十"字旁，表示数目众多；右边的"办"，表示同力。左右加起来，表示众人合力。许慎的《说文》说："协，众之同和也。"本义即为"和睦融洽共同合作"。清代段玉裁在《说文解字注》中说："同众之和也。各本作众之和同。非是。今正。"不管是"同众之和"还是"众之和同"，均是大家团结齐心努力之意。

这样看来，"妥协"这个词，无论是拆开来单论还是强强联手，都堪称正面。

还有什么比夫妻两个人外出旅游，具有更志同道合的出发点呢？好事好办。闹到众叛亲离不欢而散，是所有出行者都不愿出现的局面。和亲爱的人偕同旅行，多么好玩！充盈诗情画意，轻松惬意。想方设法让有趣更饱满，方是正途。为此目的，你要修炼为妥协高手。

妥协不仅有必要繁茂生长于夫妻双方之间，也应广泛用于旅途中的所有时段。使用交通工具和身处公共场合，遍及所有与你打交道的人，都离不开妥协。我常常妥协，以至于儿子上初中时，学了点历史，曾评说，妈，你像清朝晚期。

我疑惑，此话怎讲？

他说，你一个劲儿地妥协退让。比如说到哪里去玩，爸爸为什么就像联合国的常任理事国，有一票否决权呢？如果家中签约的话，你一定签下过一系列不平等条约。所以，我觉得你像腐败无能的清政府。

我说，哦，你举的那个例子，我都忘了。我总觉得游玩中没有太多的原则问题。比如到哪里去这类事情，公园都差不多，重要的是全家人一起去。如有人不同意某个地点，但同意一起去，我就会妥协。

我又补充道，说我无能可以接受，但腐败不成立哦。

记忆中的重大妥协，还有一桩。我写了一部描写乳腺癌病人康复治疗的长篇小说，起名《心理小组》。编辑们改为《拯救乳房》，出版后引起轩然大波，甚至有人根据书名，认为此书诲淫诲盗。面对媒体的采访，我一直都说，书名非我所起，此名非我本意，但我最终同意了，这是一次妥协。我的底线是——内容均是我写的文字，并无删改。我是医生出身，在我心中，乳房和其他器官一样，没有高低贵贱之分。它神圣庄严，不可亵渎。我是女性作家，又是医生出身，对于乳腺癌患者——中国女性癌症发病率排序第一的恶疾患者，有所关爱，写出她们命运的悲欢离合，是我的责任。那些说我诲淫诲盗之人，我断定他们未曾看过这部小说。我的水平可能不足，但立意和文字清洁无脏。请他们看完再发议论吧。

我曾看过一篇文章，讲的是爱好旅游的女人有何特征。其中第一条是：她的身体一定非常健康。

我年轻时在西藏当兵，体检为甲等。曾环球旅行，走过几十个国家。赤道、五大洲、四大洋以及南北两极也都曾涉足，勉强算爱好旅游的女人吧。不过对身体云云这条，不敢赞同。爱旅游和非常健康，并不能直接画等号。旅行中，我常看到有些癌症患者，兴致勃勃意气风发。你不能说他们非常健康，但他们的确爱好旅游。

爱好旅游的女人，第二条是：她真的不会老，旅游能提高人体的新陈代谢，淡化色素，使皮肤更白皙、光滑。

对这一条我直接投反对票。旅游无法对抗衰老。岂止是旅游，任何方法都无法对抗衰老。衰老的本质是新陈代谢进行中，它是宇宙间永远不可抵抗的规律。请别在旅游身上披挂五颜六色的珠宝时装，不要让它承载不相关的盛名，更不要把它当成保健品、化妆品。旅游风餐露宿，阳光暴晒、寒暑往来，和皮肤光滑白皙云云，背道而驰。

第三条是，爱好旅游的女人肯定身材不错，旅游具有减肥功效。

不一定啊！女人身材这事儿，曾被炒得甚嚣尘上（并大有蔓延至男性之势）。我以为它和基因关系甚大，膀大腰圆与玲珑有致，很大部分为先天限定。就像练体操和练举重的运动员，身形必不相同。身材和减肥有一定关系，但不可夸大。减肥可去掉赘肉，但无法减缩骨骼。整形业有个词，叫作"削骨术"，颇为传神。骨要想细，只能刀剁斧劈。仰仗旅游，玄幻且可疑。

该论的第四条是，爱旅游的女人必定优雅脱俗，懂得如何欣赏美景、品味美景，会有很好的修养和内涵，品位不俗，气质高雅端庄……和这样的女人走在一起的男士，绝对有面子。

刚看到这段话的前半部分时，只觉得优雅脱俗等说法，有点过了。待看到最后一句，"绝对有面子"云云，顿生反感。女人，不论是爱旅游还是不爱旅游，都是个人选择，无所谓高下。女人为自己而活，不是一朵装点男人品位的西服口袋花。

我对提出上述说法的人心怀芥蒂，提高警惕看下去，果然，更多马脚露出来。说什么"由于旅游和旅游文化都是舶来品，懂得旅游的女人至少会一门外语。懂得有效的社交技巧，懂得恰当得体地为人处世，不会斤斤计较，不会让你觉得烦躁不安，更不会对你大呼小叫无理取闹。在你的朋友面前，无论在什么情况下，她都会给足你面子。她还是个美食专家和营养师，会对营养特别讲究，知道吃什么好，什么不能多吃。她也会把你的饮食习惯改造得更加健康"。

"旅游的女人最大的好处是她能淋漓尽致地展现出女人味。"

呜呼！谬误多多，我决定不再继续看了。

旅游没那么神奇，不是灵丹妙药，不能包治百病。依我有限的旅游经验来看，如果是夫妻同游，那么所有的夫妻间的矛盾，都会在旅游中有所展现。旅游只会让情况变得更复杂，让矛盾变得更尖锐。对平日都无法顺畅沟通交流的伴侣来说，旅游是火上浇油。

在"欧神诺娃"号上，常有惊喜。这一天，队长让大家餐后不要离开，然后端上了一个蛋糕。哦，有人过生日！人们唱起了生日歌。歌唱完了，蛋糕也分吃了，不想惊喜又至：船上有新人南极完婚。男生俊朗，女生妩媚，都是名校毕业，相亲相爱。

人们欢声雷动，祝福他们白头偕老。

南极婚礼，一般人会觉得太寒素了。冷到极点，静到极点，景色一成不变，十分单调，和中国传统婚礼的大红大绿、大鸣大放距离甚远。不过，结婚这件事，仪式并不重要，重要的是彼此心心相印。从这个角度讲，南极实乃独特的纪念地。

祝福完新人，我估计这下该结束了吧？不想探险队长宣布，"欧神诺娃"号上，有几十对夫妻。此刻，颁发夫妻南极行证书。

我知道在南极冰泳，是有证书的。我还知道，本船最后抵达的南纬纬度，也颁发证书，以证明你的脚步之南。要为夫妻同游发证，实属意外。

探险队长拿出一个名单，从头念起。我坐近前，得以觑见纸上长长一串字符，几近所有乘客的花名册。

船上多夫妻，没想到多至如此地步，俯拾即是。被念到名字的夫妇，一起走到台前，同领证书，然后，在众目睽睽之下拥抱……也有接吻的。

老芦悄声说，咋还玩这个？我说，没事，自愿。

船上60多位客人中，居然有将近30对夫妻。证书不单颁发给客人们，也给工作人员。我们这才晓得，探险队长和皮划艇教练员是夫妻，主厨和服务领班是夫妻，登山教练和行政主管是夫妻……中方夫妻比较腼腆，基本上是象征性地搂揽一下，便鸣金收兵。外方夫妻则比较热络，当众拥吻。碰到男子高大威猛、女子娇小玲珑的一对，男子还会把女子抱起来旋转……船上地方狭小，这一圈抡起来，伸胳膊撩腿，几乎剐蹭掉围观观众的眼镜。

后来我对外籍探险队长感叹，到南极来的人，这么多夫妻！是咱们这一趟如此呢，还是几乎都这样？

有很多次南极航程经验的队长说，我们早就发现了这个现象，到南极来的客人，多半都成双成对。

我问，为什么呢？

他说，据我所知，您就是夫妻一道来的。您能先回答一下，您为什么做这种选择吗？

我半开玩笑道，我们家是为了公平。不然花费挺大，一人独享，有多吃多占的嫌疑。索性利益均沾。

探险队长说，您的意思是同甘苦共患难？

我说，您总结得对。

探险队长说，我不知道别处的旅行，是否也是这么多夫妻同船。在南极，这可称为传统。

我问，为什么？

探险队长说，到南极来一趟不容易。为了大家今后聊天的时候有共同的话题，分享难得的回忆，夫妻愿意同行。要不然，我说起，你不明白，我陷入回忆中，你却完全不能领会，这多么扫兴！

我说，此条成立。

探险队长说，第二条是危险。南极探险，尤其是南极点的征程，有一种说法，它是除了到月球之外最危险的旅行。我亲耳听一位老夫人说，她对南极并无多少兴趣，只是知道很可怕。她说，一起来吧，如遇险，就一起走吧。要不然，老先生在南极遭遇不测，她会后悔自己为什么不在他身边。如果老先生不在了，老夫人说她也会随即离开人间。既然生死与共，就一起来南极了。他们一道优雅地迈向高龄。

我点点头问，第三呢？

探险队长说，到南极来的人，基本上都爱笑。如果是夫妻档，更是爱笑，据我观察，一天少说也会欢笑六小时以上。在同行的人群里，你有百分之百的机会，遇到跟自己一样对世界充满好奇的同类。

我想了想，一天六小时，笑痴啊。

我问，第四呢？

探险队长道，没有第四了。不需要第四。这三条理由，足以让开赴南极的探险船上，有这么多夫妻。

有一天，游客中的某位老先生腼腆地对我说，我写了一首诗给老伴，请您指教，看看还有什么可修改补充的？

我说，指教不敢，很愿意学习。

我记起与他同行的妻，很普通的老妇，面容苍老，身材亦不秀丽。

诗的大致意思是：

我们的目光已然混沌，

终有一天会什么都看不清。

多好。

我们只记得年轻时的模样。

双腿已然老迈，

将来会不能行走。

多好。

我们依傍着不再分离。

我们的嗅觉，

渐渐丧失。

多好。

唯一铭记的是彼此年轻时的香气。

我们的味觉已然迟钝，

多好。

从此可把每一餐，

都当作家中的佳肴。

我们的双手无力高举，

终有一天再也不能抬起。

多好。

我们在人们看不见的地方交叉着手指，

直到永远……

看罢，我半晌说不出话来。定了定神，方对老先生说，多好！

北极熊如盛开的白莲花

它们的生物序列中，没有恐惧的双螺旋基因存在。所以，它们不慌张、不顾盼、不鬼祟、不脆弱……

第一眼看到北极熊，惊艳。

原以为既然到了北极，以此地名称冠名的这种熊，理应不少。虽不能像早年间的荒山野兔遍地跑来跑去，但每天见上几头，应该不成问题。真到了北极圈内，才发现生存环境之恶劣，真不是我等生活在温带的人可以轻易想象的。除了北极圈近处的岛屿荒漠上，有些许苔藓类低等植物苦苦挣扎，其余皆冰海无边。此刻还是北极地区最温暖的季节，已让俺们叫苦不迭，若是到了连续 100 天完全不见太阳的极夜酷寒之时，简直是地狱的缩影。什么动物能在这种艰窘之中生存啊？！

答案是——汝之砒霜，吾之蜜糖。铺天盖地冷峻无比的冰海，乃是上苍送给北极熊的最好礼物。北极熊，常年驻守北纬80 度到 85 度之间的广阔冰域。说它们常驻，指一年到头，无论极昼还是极夜，无论觅食还是繁衍，都寸步不离这极北苦寒之地。不像一些候鸟，是典型的机会主义者，拣着北极仅有的好时光，在这里休憩养子；一旦气候转劣，它们立刻起飞，成群结队向南逃逸，寻找更舒服的地方。这固然也不失为一种活法，但北极熊的孤独与矢志不渝，让人更生喟叹。

船艏驾驶舱里，有探险队观察员值班，手执高倍望远镜，东巡西看，日夜不停地找熊。在北极地区，凡说到"熊"，特指北极熊，不包含任何其他熊（这地儿也没有别的熊出没）。更准确地说，探险队员在整个白天不停地找熊，因为此地没有夜晚。半夜12点太阳也绝不下班，称为"午夜阳光"。

我想象不出持续光照之下，北极熊怎么睡觉。

尚未晤面一只熊，船上就开了相关讲座，让大家先从理论上结识北极熊。老师的第一个问题是："谁知道此地究竟生活着多少只北极熊？"

大家面面相觑，没人晓得。

老师说："北极地区总面积超过2100万平方千米，如此广袤的地域上，生活着大约两万只北极熊。除了雌熊带幼崽的短暂时光，成年北极熊都是独行侠。你们可以计算一下，平均多少平方千米的面积上，才能有一只北极熊？"

大家很快算出，约1000平方千米的面积，才能摊上一只北极熊。

老师这席话，一箭双雕。一是介绍了相关知识，二是提醒人们对及早撞见北极熊一事，不可操之过急。想想也是，"50年胜利"号如离弦之箭，直奔北极点，走的是近乎笔直的航线。要想迎面碰上一只北极熊，并非易事。

至于我提问的北极熊在极昼期间如何睡觉，专家答复如下。

一般人以为北极熊会冬眠，错。极夜来临时，北极地区的气温会降到零下数十摄氏度，北极熊会寻找避风的地方，倒地而睡。它很长时间不吃东西，呼吸频率放缓，将营养消耗减到最低。不过，这并不是真正意义上的冬眠，只是似睡非睡的休憩状态。一旦遇到紧急情况，北极熊可以立即惊醒，立刻转入应变的战斗姿态。

想想也是，若北极熊真如僵硬的冻蛇般，在冬季毫无知觉，在北极极端寒冷苍凉的环境中，恐难历久弥安。

专家接着介绍，北极熊是个吃货，若食量不足，熬不过酷寒。它大致每四五天就要吃掉一整只海豹。它的主食是环斑海豹，每只重120多千克。这样算下来，成年北极熊每日需20多千克肉食才可度日。每年的3～5月，北极熊进入发情期，变得异常活跃，奔跑跳跃，水陆两栖。当肉食供应充足时，浓厚的海豹脂肪会把北极熊的毛色染得发黄。而忍饥挨饿的北极熊，毛色则比较白。北极熊厚厚的皮下脂肪层，对它来说性命攸关，寒冷时充当抓绒外套，下海游泳时就成了救生圈，粮草告急时就是干粮袋。北极熊的四肢既粗壮又灵便，能为它的奔跑和捕猎提供强大的爆发力和耐力。它跑动的时速可达 60 千米。它的两只前掌，雄健超拔，挥舞起来有雷霆万钧之力，一巴掌即可将猎物置于死地。四个爪垫上长满粗毛，既有助于保暖，又能防滑，保证北极熊在冰面上健步如飞。北极熊的视力和听力一般，和人类差不多，嗅觉则异常灵敏，隔着数百米，就能闻出冰层下海豹的味道。

自然界中的北极熊，体长可达 3 米，体重可达 800 千克。过去有一段时间，北极熊曾雄踞世界上陆地食肉动物霸主的地位。后来在加拿大某地，人们发现了体重 880 千克的棕熊，北极熊自此屈居亚军。我对这个结果存疑。北极那么大，并不是所有的北极熊都上过磅秤。也许哪天人们发现了体重更大的胖熊，宝座被重新夺回来也说不定。

看似极为贫瘠的北极生态系统，居然养活了世界上第二大的陆地食肉动物，真是不可思议。

这些有关北极熊的知识，都极为宝贵。不过听到这儿，我的问题并未得到解答。北极熊终日活跃在明亮的阳光下，又没人给它配遮光窗帘，如何睡得着？

老师总算开始为我答疑解惑，说北极熊可能会有局部夏眠。夏眠本身就难理解，再加上"局部"，什么意思？老师说，北极熊度夏，和它在冬季时的情形差不多，保持迷迷糊糊、似睡非睡，但能随时投入战斗的状态。概因夏季的北极，浮冰融化，北极熊很难觅到食物，只好自我压缩需求，降低营养消耗，以保存体力，图谋秋季东山再起。据说专门研究北极熊的专家，曾在夏末时分抓到几头北极熊，它们的前熊掌上，居然长满了茂密的长毛。熊掌是北极熊捕杀猎物的重器，"刀枪"锈成这样，说明它们整个夏季几乎没有觅食活动。

等冰雪重新席卷天地，北极熊苦尽甘来。海面封凝，环斑海豹们躲在冰层之下，平时还挺安全，无奈它们不时得到冰面上透透气，从而留下孔洞。北极熊会千方百计找到这些洞，当成自己的"琉璃餐盘"。它们极具耐性地蹲踞一旁，悄无声息地候着海豹。海豹刚露出脑袋想换气，以逸待劳的北极熊就一巴掌闪电般拍下，海豹顿时脑壳迸碎。北极熊立刻用嘴咬住海豹皮，以防到手的猎物沉下水，白忙活一场。之后北极熊拼尽全力，将海豹从冰窟窿里扯上来，开始享用冰上大餐。它先吃海豹的内脏和脂肪，以防有别的熊蹿过来抢食。脂肪能量最高，若被夺走，损失就大了。酷寒北极，生命之火全靠高能量维系。

北极熊这套捕食策略，说来轻松，但成功率并不高，大约只有 5% 的胜算。如果年老力衰，北极熊长期捕不到猎物，就有可能被饿死。

听完课，人们都明白与北极熊相见的缘分相当渺茫。本来就地广熊稀，又正逢青黄不接的夏天，北极熊们已靠浅睡降低基础代谢率熬着缺粮草的日子，来人还眼巴巴地想一睹芳容，有点不识时务。

据说在历年旅客们的北极点轻探险中，真有过航行十几天，没与一只北极熊打过照面的悲催史。听天由命吧。

做了最坏的准备，但运气并没有那么差。某天，广播中传出呼唤，说在船艏右舷大约 3 点钟的方位，有北极熊出没。人们飞快地从各自的舱房中"奔窜"而出，三步并作两步跑向甲板最高处，互相打探：在哪儿？看到了吗？

没有。没有北极熊，只有银色的冰面，在太阳下闪着龙鳞状的碎光。最先奔上甲板的游客，大呼小叫狂喊不绝，机警的北极熊立刻纵身跳下冰面，潜入水中，再也不肯露头。

破冰船飞快前行，北极熊藏身的冰域渐渐向后隐去。北极熊安定下来重新浮出水面的机会，也一并远离。这旅途中的第一只北极熊，除极少数人目睹了，大家都没看到，悻悻归舱。好在吃一堑长一智，等再次播放有熊出没的消息时，大家都蹑手蹑脚，贼一般地在甲板上游走，状如幽魅。

这是我第一次亲眼见到北极熊。它并不算很大，身体灵活，毛色雪白，估计肚子里的油水有限，不曾被环斑海豹的脂肪染黄。它在冰面上迅疾奔跑，如同银箔打造成的精灵。四只大掌，犹如白色蒲扇，在冰雪中有序扑打，上下翻飞，姿态优雅。虽说它的听觉并不发达，但游客们吸取教训，完全噤声，加之原子破冰船并不散发任何味道，所以它不曾受到惊吓，仍保持着怡然自得的心态，其乐悠悠。奔跑中遇到海冰错落处，面对海水阻隔，它想也不想，并不放慢脚步，也没有丝毫踌躇，凭借跑动的惯性纵身一跃，在空中划出灼灼一道白光，稳稳降至另外的浮冰上。在它的前方，冰区多裂，它便一个箭步接着一个箭步飞腾而起，好像跨越无形的栏杆，步幅可达 5 米。多数时刻，它判断准确，安然着陆（准确地讲是安然着冰），接着马（准确地讲是熊）不停蹄地奔跑。时有运气不佳，不知是判断有误还是体力不逮，它未曾抵达另一冰面，而是坠落冰隙，被蔚蓝色的海水淹没。此时北极熊镇定自若，并不觉得有何异样，马上昂起头，不慌不忙开始自在划水……

北冰洋的水多刺骨啊！陷落的那一刻，北极熊被冰水瞬间浸透，会不会冷得打一个寒战？

一刹那，我的眼泪夺眶而出。

不只是叹息北极熊生存之艰难，更是感动于它舒展酣畅的泳姿。

清澈的海洋如蓝色水晶，北极熊浮动时，优雅如盛开的白莲花。我知道如此形容一只重达几百千克的凶猛动物似乎有些不搭，但当目睹这硕大雪白的灵物，在漂荡着浮冰的幽蓝海水中轻盈而悠然地舞动四肢，如特大水母般随波荡漾时，你只能发出如此不可思议的喟叹。

北极熊无拘无束、无忧无虑地戏着水，宽大的前爪宛如双桨，向下压动并向后拨划，为庞大躯体提供前进动力。后腿则基本上并在一处，起着舵的作用，掌控游动的方向。

哦！它们的安然是有理由的。北极是北极熊的领地，它们雄踞食物链的最顶端，在人类出现之前，所向无敌。它们的生物序列中，没有恐惧的双螺旋基因存在。所以，它们不慌张、不顾盼、不鬼祟、不脆弱，畅游于由万古不化的寒冰和深达 4000 米的海水混合而成的极寒世界，呈现出如此完美飘逸的仙气。

举起望远镜细察之下，我发觉北极熊头部比较窄小，口鼻连在一起呈细长的楔形，侧面观来多少有点尖嘴猴腮状。或许因为咱们总看熊猫，误以为熊脸近于圆，其实不然。北极熊不但像时下影视女明星一样脸小，耳朵和尾巴也很小，整个身体毫不留情地删减凸起的"附件"，打造出完美的长椭圆身形，有助于在严寒中保持体温。北极熊是游泳健将，此刻它半侧着身游泳，实为牛刀小试。倘若真有必要，在冰海中连续游个四五十千米也不成问题。

老师说过，北极熊的所有活动都在冰盖上进行，包括交配和生崽。一说到冰盖，人们想到的常是一块能够量出长短的场地，最大可能有足球场那么大吧。其实北极的冰盖，动辄以平方千米为计量单位，置身其上，你没有丝毫的漂浮感，会误以为它下面是稳定的陆地。雌熊和雄熊在短暂的"蜜月"之后，便各奔东西，老死不相往来。其后发生的事情有点匪夷所思，每年三四月份交配成功后，雌熊体内的受精卵并不马上发育，而是悄无声息地等待时机。它要等雌熊子宫水草丰美之时，方入宫成长。这个等待的时间相当漫长，有时可达半年之久。一直到秋天，雌熊积聚了足够的营养，受精卵才开始发育。年底，北极熊宝宝出生了。幼崽通常只有几百克重，相当于母熊体重的千分之一。母熊一般生双胞胎，偶尔也有一只或三只的时候。小北极熊出生时像个小耗子（这和熊猫有点像，熊猫崽也非常小只）。小熊出生之后长得非常快，因为熊妈妈乳汁中的脂肪含量高达 30%。小熊吃奶四个月后，就能和妈妈一道走出巢穴，学习捕猎了。两年后，小熊长大了，会离家出走，从此独立生活。

北极熊是完全食肉动物，食谱中没有任何植物。这也不能怪它饮食习惯不健康，都是让北极的恶劣环境逼的。土生土长的北极植物，主要是苔藓和地衣之类。在北极较低纬度处，偶尔还可见点滴绿色惊鸿一现，更高纬度的地方几乎寸草不生。高纬度地区的植被，产量极低，打包归拢到一处，估计连兔子都喂不饱，哪能填满北极熊的大肚囊。北极熊终生只能以纯肉类充饥，冰天雪地独来独往，它或许是地球上最孤独寂寞的动物。

如果北极浮冰融化，甚至无冰，北极熊就失去了家园，无法生存下去。有人问动物专家："可否让北极熊移民南极，让它们调整食谱，练习着从此改吃企鹅？"

动物专家说："北极熊不愿离开北极。"

从北极回来后，方知 2016 年北京夏天酷暑难熬。有记者爆料，豢养在北京动物园的北极熊，吃掉了很多西瓜，还喝了绿豆白糖汤加固体果珍饮料。

我相信人们在尽一切努力安抚迁居的北极熊，但圈养在水泥森林里的皮毛污浊的北极熊，能和冰海中畅游的北极熊相比吗？看到资料说，欧洲某动物园为了一解北极熊思乡之苦，在水泥砌成的院墙上，用白油漆涂画了冰山的形状。我不能想象北极熊望着油漆剥脱的水泥墙会想起什么。

如果说北极熊有什么天敌的话，那就是人。北极的土著居民，长久以来就有猎杀北极熊的传统。不过没有枪支的因纽特人，赤手空拳对付力大无穷的北极熊，也是险象环生。

我看过一则故事。当地人先抓一只海豹，将它杀死，把血倒进一个水桶。在血液中央，插入一柄两面开刃的匕首。北极气温极低，鲜血立即凝固，匕首冻在血中央，像血冰棍。当地人把血冰棍倒出来，裸放在冰原上。

前头说过，北极熊鼻子特灵，在几千米外嗅到血腥味，颠颠赶来探个究竟，高兴地舔起血冰棍。舔着舔着，舌头就麻木了。北极熊不想放弃这难得的美味，继续舔食。咦，血的味道怎么变得这么美妙？新鲜温热，一滴滴流入北极熊的咽喉。

它越舔越起劲，却不知尝到的是自己的血。北极熊舔到了冰棍中央，双刃匕首刺破了它的舌头，鲜血涌了出来。北极熊舌头已木，感觉不到痛楚。它越发用力地舔食，舌头就伤得更深，血就流得更多……渐渐地，北极熊失血过多，晕厥倒地。潜伏在周围的人们走过来，轻松地捕获了北极熊。

我查不到这故事的原始出处，强烈怀疑它是个寓言，而非真实事件。第一，北极熊有那么傻吗？它连自己的受精卵都能控制，等到营养储备丰富时再移入子宫开始发育，生理机能进化得如此精妙，自己的血却尝不出来，成立否？

第二，动物舌头上的血管虽然丰富，但并没有大的动脉和静脉。也就是说，就算划破舌头，甚至割掉舌头，都不至于出血到休克死亡的地步。舌头上只有一些小血管，不信你想想吃凉拌口条时，可曾见到有大血管存在的痕迹吗？

记得我学医时，问过解剖学教授："您在课堂上讲舌头没有大血管，那么古书上记载的忠勇之士咬舌自尽是怎么回事？"

估计该教授第一次碰到这种"寻衅滋事"的学生，本着诲人不倦的传统，忍着没给我冷脸。他思忖了一会儿说："人体舌头上没有大血管，这毫无疑问。至于咬舌自尽，只能说明这个人自杀的决心非常大。舌头上的感觉细胞很发达，咬舌非常痛苦。一个人如果执意自戕，终究死得成。咬舌后剧烈疼痛引发的反应性休克、继发感染、无法进食导致的营养极度匮乏进而全身机能衰竭……诸种原因，皆可最后致死。古书上的咬舌记载，主要表明这个人必死之心决绝，并最终达到了目的。至于具体是否系咬舌后立刻死亡，也许并不是史家记录的重点。"

作为一个主讲骨骼、关节和肌肉血管走向的医学教授，他能把人文历史注解到这种地步，我由衷佩服并牢记他的观点。套到北极熊身上，不一定对，恭请行家指正。

现在，容我问你一个问题：北极熊的皮肤是什么颜色？

估计大多数人都会说："白的呀。这还用问吗？"

哈，错啦！北极熊的皮毛看起来是白色，皮肤却是黑色。不信你注意观察它的鼻头、爪垫、嘴唇以及眼睛四周无毛之处，就会看到黑漆漆的皮肤本貌。至于北极熊为什么长成这模样，也是拜酷寒所赐，黑皮肤有助于吸收阳光热能。

再问一个问题：北极熊的毛是什么颜色？

有人会说："白色啊。谁不知道北极熊又叫白熊。皮肤已经是黑的了，毛再是别的颜色，那就该叫花熊了。"

呀，不对。北极熊的毛是透明的，形状也很特别，每一根毛发都是中空的，如透明吸管。这样的构造，可以让阳光直接透射到毛下的黑皮上，使热量被畅通无阻地汲取入身。对毛色透明这一说法，很多人包括我，实也半信半疑。好在有人颇有刨根问底的科学精神，为了找到准确答案，干脆跑到动物园，设法搞到一根北极熊的毛发（估计不敢揪，地上捡的吧），把它送到实验室，请科研人员在显微镜下观察。为了让实验更具可比性，此人又把自己头上的黑发薅下一根，也一并送到显微镜下。结果怎样？显微镜如同照妖镜：人发为黑，北极熊毛发则呈完全透明的管状。

服了吧！科研人员说："人发有实心髓质，呈现黑色。北极熊毛发无髓质，为空腔小管，因此全透明。"

"那……无数人亲眼所见，北极熊都是白色的啊。"有人不服。

科研人员答："光线射在北极熊身上，当所有波长的光都被散射时，就呈现白色。好比水本身是透明的，但河流溅起的水花会呈现白色。组成云的微水滴也是透明的，但天空的云彩会呈现白色……都是光线变化所致。"

此刻，请你闭上眼睛，设想一下北极熊的真实模样——一身黑炭似的皮肤，披着无数根透明长毛，在蔚蓝的冰水里舒展身姿，高傲而孤独。

如果北极冰层彻底融化，北极熊丧失了休养生息的家园，最后活活饿死，变成一张褴褛黑皮，人类啊，包括你我，难辞其咎。

我认这些机车为我的兄弟

旅行的愿望，在人身上是与生俱来的。谁要是从未萌生过此念，那绝非人之常情……

比起"旅行"这个词，我更喜欢"旅游"，因为这个词中有一个活灵活现的"游"字。

什么是"游"呢？它的原意是人或动物在水中行走。说一千道一万，最能诠释这个词的是水中自由自在的鱼。水中有什么？有浮力，所以，旅游中的人应该是轻松的。鱼游水中，多么惬意。这一趟非洲旅游，我要以粗糙的蒸汽机车为水了。

一团团烟雾呛咳般地从蒸汽机车的喉管，也就是烟囱中吐出，乳白色的蒸汽在站台上云雾般浮动，天空瞬时昏暗。盛装的绅士和女子们缓缓走进车厢，在登临台阶的那一瞬，回头向站台上送别的人招手……汽笛长鸣，一列老式火车慢吞吞地启动了。

这不是什么怀旧的老电影镜头，而是世界顶级豪华列车

"非洲之傲"2013年的开车仪式。一趟漫长的旅程就此启程，它将历时14天，纵贯南部和中部非洲，途经南非、纳米比亚、津巴布韦、赞比亚、坦桑尼亚五个国家，行程近6000千米，完成一次史诗般的旅行。

此刻我正假装矜持，忍住火烧火燎的好奇心，竭力不东张西望，假模假式地沉稳登车。只可惜我没有维多利亚时代的盛装，只穿旅行行头。

据说，这是中国大陆客人首次乘坐"非洲之傲"，进行如此长途的旅行。

不过，当我一脚踏上名闻遐迩的"非洲之傲"时，第一个感觉竟是淡淡的失望。

这号称世界顶级豪华的列车，就算它摇身一变、油饰一新，我也立刻认出了它就是咱"春运"时的老相识——"绿皮火车"！

千真万确，此车的前世就是蒸汽机车配绿皮车厢。

我想，每一个曾经迁徙过的中国人，说起绿皮火车都会涌起对死去多年的一匹"老马"的追忆。它曾声嘶力竭地载着我们抵达青春梦想的遥远他乡，又不辞劳苦地驮着我们回到心心念念的故土。每一次乘坐，都悲喜交集、又爱又恨。爱的是它将把我们送达目的地，恨的是旅程的艰辛与劳苦。

绿皮车厢大都年久失修，油漆沧桑地剥落，饰板龇牙咧嘴地开裂，车门污浊不堪且几乎都难以关合。车窗以一种愚蠢的方式起落，没有拳击手的腕力，基本上打不开，闹不好还把你的手指甲砸成青紫。盛夏时，车厢内的电扇像蚊翅一样痉挛转动。夜晚时，电灯昏黄如得了白内障的眼眸。所有的厕所都便器破烂，污水横流，整个车厢内弥漫着多年沉积的恶味。茶炉经常没有一滴水流出，洗漱更是奢望。炎热时，车内像炭盆一样火上浇油。寒冷时，车厢如冰窖却仍浊气弥漫。列车运行的时间表永远是理论上的，不断莫名其妙地临时停车。硬座是名副其实地硬，让你的腰脊经受考验。记得有一年我从部队回北京探亲，在火车上僵坐了三天三夜，下车时我惊奇地发现鞋子缩小到根本就套不到脚上，只得不成嘴脸地趿拉着鞋挪出站台。

由于自己的创伤性记忆，我就这样丧心病狂地说绿皮火车的坏话，深感太不厚道。它其实功勋卓著，价格低廉，朴实亲民，像一位苍老的大叔，背着抱着我们昼夜兼程地赶路。特别是几千米一停的慢车，在深夜孤寂的灯火下，在每一个荒凉的小站不厌其烦地停靠，让农民和他们的鸡鸭鱼菜上车。它不惧风霜雨雪，慢吞吞但锲而不舍地独自前行，越过高山和峡谷，将旅人踏实地送达目的地。它永恒不变地慢，是缺点也是优点。

因为煤炭的价格比石油低很多，所以在中国，蒸汽机车就一直顽强地存在着。我们成了全世界最后停止制造蒸汽机车的国家，2005 年 12 月 9 日，当最后一列蒸汽机车执行完任务停运后，中国不无自豪地宣称蒸汽机车退出历史舞台。现如今，我买了一张绿皮火车车票，将用极其缓慢的速度行驶 14 天。我暗自调侃了自己一下——你啊你，花了那么多钱，万里迢迢地来赶赴一场异国他乡的"春运"。

不过，我还抱着一丝希望，它虽名为蒸汽机车，但和咱们熟悉的绿皮火车还是有天壤之别，不然如何对得起那天价的车票！我四处巡睃，逐一评说。独特的、近乎橄榄色的绿外衣，没有丝毫区别。铁质的窄小上下车梯，也完全是一个模子"刻"出来的。蒸汽机车头，也是一脉相承……失望渐渐加深。不过，同行的客人都掩饰不住兴奋，他们基本上都来自欧美，蒸汽机车在那里已销声匿迹很多年，他们以一种见到恐龙复活一般的心态高兴不已。

待走入我的客房，方知相似的外形里，肚囊相差之大可谓天上人间。有道是不识庐山真面目，此绿皮非彼绿皮也！

每一节车厢都经过了彻底改造。原有的卧铺车厢被大刀阔斧地动过手术。唯一保留的是走廊通道，但所有的窗户因为重新油饰，并配以精美的蕾丝窗帘，显出不同凡响的高雅。包厢部分被完全打通后，重新整合为几套卧室。最豪华的是皇家套房，一整节车厢只分割为两个单元，只供四个人使用。我住的是把整节车厢分割成三间的客房，也就是说，一节车厢可乘坐六个人。

我们这一次出发，整整24节车厢，只搭乘了50多名客人。

推开我的房门，目光首先被五扇大窗户吸引。真敞亮，类似一个阳光房。

房间内是暗红色的全木结构，虽不是真正的红木，但制作精美，华贵典雅。说实话，我在之前的介绍中看到卧房内用的都是红木，觉得太过奢侈。一看是仿红木，正合我意，比较环保。天花板下方有巨大的空调设备，让人对即将通过的黏稠热带雨林地区不再心存畏惧。脚下是木地板，这地板之下有供暖设备。由于这一程旅行恰逢南部非洲的春天，脚下的温暖就没机会享受了。坐过火车的人，都对火车卧铺的窄小局促留下过不快的记忆，这个顾虑在"非洲之傲"的客房里可以释然。床铺宽大，古典花纹的床罩，让你相信在它的覆盖下，是非同小可的柔软。

两扇车窗之间有一张玲珑小桌和两张沙发，这将是我以后半个月内最钟爱的地方。衣橱很大，放满了旅途必备的各种物品，人家想得真够周到，防晒霜、驱蚊液、消毒巾等一应俱全。独立的卫生间，窗明几净。超大的淋浴房、银光闪闪的水龙头……堪比五星级酒店。只有那些无处不在的不锈钢扶手，无声地提醒你，它可是会以每小时几十千米的速度前进的钢铁屋子。

这列绿皮火车如同时光机，在这有限的空间中，辗转腾挪，力求模拟一个业已消失的时代。它以古老的硬件加上无微不至的谦卑服务软件，把你托举到一个远去的阶层，合力让你潜回到历史前页。

候车室有一位老年绅士彬彬有礼地为旅客们送行——他名叫罗罕·沃斯，是南非的英裔人士。

英国人和蒸汽机车有非同一般的缘分。1774 年，英国人瓦特将自己设计的蒸汽机投入生产，1814 年，英国人史蒂芬孙发明了第一台蒸汽机车。1938 年 7 月 3 日，4668 号机车头拖着六个车厢，在英国创下时速 126 英里（约合 203 千米）的蒸汽机车的最高速度纪录。然而，蒸汽机车从 20 世纪中叶开始被内燃机车取代，到 20 世纪末，蒸汽机车在北美及欧洲被完全淘汰。

回想那蒸汽机车的壮年时代，多么威风凛凛！它牵引着长长的车厢以雷霆万钧之势呼啸而来，那令人惊悚的汽笛、方头大脸的车头、无数巨轮铿锵有力且富有节奏的声音，让第一次看到它的人无不被它一往无前的凶悍所震撼。即使在没有火车驶过的时刻，那蜿蜒伸向不可知远方的雪亮钢轨，也以一种坚硬的冷峻让人浮想联翩并臣服。

有人说沃斯先生很有风度，长得像英国王储查尔斯王子[1]，但我觉得他比英国王储要帅。他个子很高，背部笔直，面容线条刚毅，目光中带有慈祥。只是此刻他的右手腕缠着绷带，前不久他在瑞士滑雪时骨折了，尚未痊愈。他用左手和旅客们握手，仍然很有力度。他宣读注意事项和行程安排，宣读乘客名单，被念到名字的客人就踏着红地毯，随列车员登上"非洲之傲"列车。

沃斯先生是这列号称世界上最豪华列车之一的"非洲之傲"的创始人。他和"非洲之傲"的关系说来话长。

1986年，南非成功的汽配商人沃斯先生收到一份请柬，邀他和夫人参加蒸汽机车旅行。酷爱机械的沃斯先生对隆隆作响的庞然大物产生了浓厚的兴趣，钻到火车头里与火车司机攀谈了一路。回来后，他参加了当地保护传统火车俱乐部举办的拍卖会，成功拍下了一节老式火车车厢。

沃斯先生最初想得很简单，就是为自己的家庭打造一列拥有两三节车厢的私人古董火车，闲暇时间，全家人舒适地出游，其乐融融、惬意无比。不过真运行起来，才发现这列短短的火车成本不菲。火车头力大无穷，"一只羊也是赶，一群羊也是赶"，沃斯先生索性决定多挂一些车厢，除了自家人旅

---

① 作者写下本文时，查尔斯还未成为英国国王。——编者注

行，也可把其他车厢的房间对外出售。一来分担私家车的运营成本，以车养车，二来可与更多的人分享乘坐豪华复古蒸汽机车的乐趣。一不做二不休，沃斯先生渐渐痴迷于此事，索性在1989年4月成立了以自己名字的缩写命名的Rovos Rail私人火车公司。

他开始在全世界范围内搜寻老火车。一节节披着历史尘灰的车厢和餐车，从各地的废品中心、私人公司以及俱乐部中被搜集出来，如同听到集合号令的退役老兵，向它们的将军——沃斯先生聚拢过来。其中一些老古董车厢的历史超过了150年。想想看，火车才问世多少年啊！到2000年，沃斯先生已经成功地收集到了60节车厢。

旧车厢蜂拥而至后，接踵而来的问题是如何改造它们。沃斯先生对豪华列车旅游其实一无所知，整个一个门外汉。不过这难不倒他。他不照搬任何豪华列车的经验，完全凭借自己的喜好，开始打造属于自己的奢华旅行风格。因为他本人个子高大（我目测他的身高当在1.90米以上），他便要求在火车上把私人空间的面积发挥到极限。第一，每个人都要有宽大的床。第二，每个人都要有宽大的卫生间。第三，其他服务设施也要尽可能地大。于是，"非洲之傲"中诞生了世界上所有豪华列车中排名第一的客房面积。除了求"大"以外，他还特别注重细节的舒适，怕委托别人不能深刻理解他的良苦用心，干脆让妻子亲自负责列车的内部装潢和软装设计。连沙发所用的面料都是由沃斯先生的夫人亲自从荷兰挑选来的。他们用对待亲人般的呵护，把"非洲之傲"列车打造成一个优雅而温馨的家。

在随后的几年中，每个月都会有一节老旧的列车车厢，在沃斯先生手下的能工巧匠们手中脱胎换骨。沃斯先生也越陷越深，索性将自己的其他产业悉数转让，集中精力全力打造火车帝国。他亲手制定了遍布南非及纵贯南部非洲、中部非洲的十余条经典旅行路线，"非洲之傲"以绮丽雍容的装潢和无比细致周到的服务，引得达官贵人、浪漫情侣纷至沓来，被美国《国家地理》杂志评为世界十大最豪华列车之一。有些客人干脆称"非洲之傲"为"铁轨上的邮轮"和"流动的五星级酒店"。

沃斯先生为"非洲之傲"选定的装潢品味，是英国维多利亚时代的复古情调。

最能体现这种风格的是车上的两节餐厅。全车满载时，50多位客人就是齐刷刷地一起去用餐，每个人也都能找到自己心仪的位置。餐车的色彩主打红色与金色，有一种艳丽逼人的皇家气派。水晶灯饰和老式电扇，蕾丝窗纱和精致瓷器，反射灯芒的水晶杯和复古的油画，交相辉映，都让你在踏入餐厅的那一瞬间，恍惚穿越到了一个逝去的年代。

每次出发之前，不管沃斯先生在哪里，他都会乘着自己的私人飞机赶到列车的始发站，向每一位来宾致欢迎词，几十年来，风雨无阻。他会和每个人都亲切握手，目光注视着你，温和而亲切。

　　细听沃斯先生的送行词，并非轻松惬意的。他千叮咛万嘱咐，甚至可以说是忧心忡忡。这样的长途旅行线路，在"非洲之傲"的历史上，每两年才发车一次。

　　他的开场白是："欢迎乘坐'非洲之傲'列车，我敢保证这是一次与众不同的旅行！"

　　先声夺人，大家便欢呼。紧接着沃斯先生的声音低沉下来，有着淡淡的忧郁。"你们要走的路很长很长，一共有6000千米，要经历近半个月的时间。旅行是一件充满未知感的事情，也许你们会遇到很多意想不到的事情。希望你们能做好充分的思想准备，所有的意外也都是旅行中必不可少的组成部分。你们将要跨越多个国家，各国的情况会有所不同，所以一定要注意安全，听从工作人员的安排……"

　　他一定已经做过很多次临行赠言，每一次讲话都情深意切。这一回路途漫漫，他充满了毫不掩饰的担忧。沃斯先生很像家中的一位长者，面对即将远行的亲人，再三叮咛。

　　当时我并没有特别留意他的话，以为是例行公事。后来才发现，他的担心绝非杞人忧天，这一路果然山高水险。

列车终于开动了。开普敦渐渐远去，在短暂的城市繁华景象之后，排山倒海的贫民窟和垃圾堆扑面而来。之后，列车铿锵，把城市光怪陆离的繁华和令人心酸的贫困甩在身后，一头扎入非洲原野之中。无边的葡萄园、盛开的马蹄莲、牛羊成群的牧场、数不清的白蚁冢……扑面而来又全身而退。

匆匆洗了个澡。明明知道沐浴的时候面对的是旷野，但我还是不能洒脱到一边看风景一边冲浴。我把窗帘闭合，放弃了冲着温热水流欣赏火车奔驰的美感，谁让咱在艰难困苦中长大，不习惯享受呢。偶尔会看到湖泊中成群栖息的火烈鸟，用它们那令人惊叹的细腿，无所事事地金鸡独立着。很希望它们被火车驶过的声响惊得群起飞翔，但是单薄的火烈鸟们气度甚好，大智若愚地该干什么干什么，一点儿也不惊慌，更没有乌云蔽日般地飞起。

火车单调的声音，是上好的催眠药。

火车到达比勒陀利亚。

"非洲之傲"在这里拥有一个独享的私人火车站，还有其周围的一大片土地，以供沃斯先生的工厂修理老式机车。这里还储放着他从世界各地搜罗来的蒸汽机车车头和相关的宝贝。我们在充满复古气息的候车室小憩，有舒适的沙发和摆满鲜花的欧式茶几，餐台上摆放着香槟、果汁和小点心，四周的墙壁上挂着与火车有关的各种油画和装饰品。

对于沃斯先生的气魄和大手笔，从"非洲之傲"列车出发的排场和内部装潢上，你会有所察觉，但真正让我大吃一惊的，是比勒陀利亚的车站。北京城里过去有句专门用来斗气的话："你有钱？有钱你把前门楼子买下来啊？"说明作为私人不可能买下前门楼子，你不可能富可敌国。

沃斯先生却真把"前门楼子"买下来了。这可不是后来仿造的火车站，而是原汁原味的比勒陀利亚首都公园站。这个私家火车站现占地 56 公顷，拥有总长度达 12 千米的 15 道铁轨，40 台蒸汽机车处于随时待命出发的良好状态。

举目望去，车站内，在漂亮的小喷泉和庞大的金属机车重器之间，不时有羚羊、孔雀、珍珠鸡灵巧地穿行而过，不慌不忙、旁若无人。这些都是沃斯先生在此豢养的动物……他觉得，动物、人和机械可以友好地相处。

我获得特许，爬上了一节冒着烟的火车头驾驶舱，里面的炉门一开一合，燃烧着熊熊炭火，工人不断向内填着拳头大小的煤块。擦得锃亮的仪表盘不知连向车头深处的何种部件，数字跳跃显出活力。火车司机是位黑人大叔，很得意地向我介绍火车头的操作要领。面对光亮鉴人的仪表盘，他如数家珍，边说边示范，拧开驾驶室左上方的一个阀门，车头顿时喷出很多蒸汽，热浪随之扑面而来，空中飘洒起细碎的烟尘。他说："我开蒸汽机车已经有 20 多年了。虽说机车年纪老了点儿，可力气还是很大。比起那些烧油、烧电的火车头，还是蒸汽机车头带劲。"说着，他指指一根操纵杆，示意我可以拉响汽笛。

我一时畏葸。站在火车头上，看它有节奏地喷吐白烟，仿佛骑在巨鲸之背，不由得把它当成活物。我觉得随手拉响汽笛，有点儿冒犯这个庞然大物。

黑人大叔示意我尽管用力拉，意思是不要小瞧了蒸汽机车，它可不是随便就会坏的样子货。我鼓足勇气拉了一下。

出乎意料，并没有激动人心的汽笛声响起，也没有浓烟往车顶上蹿。我想，这车该不会年龄太大，老态龙钟失灵了吧？正想着，突然有震耳欲聋的笛声响起，紧接着火车头喷出大量蒸汽，夹杂着煤灰，差点儿迷了我的眼。这才悟出，刚才的间隔是蒸汽机车的反应时间。如今人们都是操纵电子产品，习惯了手起刀落，电光石火。蒸汽机车庞大的身躯和传导系统，依然保持着工业时代的韵律，稳扎稳打。

谢过黑人司机，下了火车头，我碰到了沃斯先生的小女儿安卡。

"因为知道今天有中国客人来，所以我们特意在站台的旗杆上挂上了中国国旗。"

候车室与铁轨之间，有一排高大的旗杆。

安卡不像父亲那样高大，是身材窈窕的美女。很难想象她现在是这个巨大钢铁帝国的实际管理者。安卡说，我父亲制定下来的传统是，所有来这里参观的人，所有乘坐"非洲之傲"的人，都是我们的朋友。所以，我们会为来自不同国家的人挂上他们的国旗，以示友好和欢迎。

她向我们表示热烈欢迎，说乘坐"非洲之傲"的中国客人越来越多，但像我们这次走完"非洲之傲"最长的线路，还是第一拨。

我们跟随着安卡的脚步，在火车站里边参观边聊天。

她对车站里的一草一木都了如指掌，随手指着不远处一只目中无人、昂首阔步的非洲大鸵鸟说，它的最大爱好，就是在列车开动时，跟在火车屁股后面扑扇着翅膀尽力追赶。

我说，它好胆大，就不怕火车轧坏了它！

安卡笑着说，它知道火车不像汽车，是不会倒车的。也许它惊讶——这个黑绿的大家伙看起来挺笨的，怎么跑起来这么快啊！我倒要和你比试一下！

我们笑了起来。我想，鸵鸟会在最终赶不上火车的时候，羞惭地把头埋在铁轨间的沙石中吗？

安卡收敛了笑容，说，也有人猜想，鸵鸟是在为列车送行。它把每一列机车都当作了朋友。

我问，你好像特别喜欢这些钢铁大家伙，很少有女子会做到这一点。

安卡说，因为父亲喜爱蒸汽机车，所以我从小就经常乘坐"非洲之傲"四处旅行，火车就成了我们流动的家。父亲带着我每天在机车上爬上爬下，在我眼中，这些机车都是有生命的。我高中毕业后，面临着一个选择——是直接上大学还是工作呢？我去征询父亲的意见。父亲说，希望你能按照自己的爱好来做决定。我就选择了先不上大学，积累一点儿社会经验。我20岁的时候去了伦敦，因为喜欢艺术设计，就在那里边学习边工作。回到南非后，我在开普敦一家杂志社做了一年的设计工作，后来干脆成为自由职业者，承接名片、菜单、艺术展览的设计，等等。

我听了半天，觉得她基本上没回答我的问题。

我说，那你怎么想起来继承父亲的家族产业了呢？

安卡沉吟了一下，说，父亲渐渐老了，他开创的事业需要有人来接手。我上面有一个哥哥和一个姐姐，哥哥在开普敦经营一家矿泉水厂，你们在"非洲之傲"列车上喝的瓶装水就是他们厂的产品。姐姐在伦敦的一家公关公司工作，妹妹是个医生。

安卡基本上还是没有回答我的问题，但她的坦诚让我明白了她当时所处的形势。没有人来接手父亲的产业，那么父亲就不能歇息，家族的事业面临中断的危险。

我说，所以你就担起了重担？

安卡说，即使几个孩子都不打算接父亲的班，父亲也不会失望。因为父亲是个很开明的人，他尊重我们，从来不把他的希望强加于人，而是任由我们自由地选择喜欢的生活方式。我加入"非洲之傲"，是因为我喜欢这些机车，我视这些机车为我的兄弟。

说到这里，她扫视着周围的钢铁阵营，目光中凝聚着深情。

我说，你就这样走上了"非洲之傲"的领导岗位？

安卡笑着说，我和其他所有新员工一样，接受了基础培训。然后我在列车上的各个岗位轮流工作，积累经验。不过，厨房我没去过，因为那里的要求太专业了。比如，你们这趟直达坦桑尼亚达累斯萨拉姆的长程路线，我也跑过。整整14天，照顾客人们的所有需求。当客人们去吃午餐和晚餐时，正是服务生清洁包厢的时段。蒸汽机车是灰尘比较多的，我们要在这有限的时间里，把房间清洁得一尘不染，叠好被褥，擦洗卫生间的所有设备。马桶要像白瓷茶杯一样雪亮……

我下意识地问，你也擦洗马桶？

安卡说，当然啦！我能把马桶擦得非常干净，还在比赛中得过第一名呢。

我在书本上看到过很多富翁教子的故事，总认为那一定有某种程度的夸张和美化。现在，我亲耳听到安卡这样说，心中充满了敬重。我敬重沃斯先生，也敬重他的女儿安卡。

我说，那你很辛苦啊。

安卡若有所思地说，我很感谢爸爸的安排，让我能够面对面地了解客人的需求，也让"非洲之傲"的员工们对未来充满了希望。

安卡忙着去招呼其他客人，我独自在车站内漫步。沧桑的车站不由得使人浮想联翩。这个车站，就是年轻的甘地无法抵达的列车终点吗？

1893 年，后来被称为"印度圣雄"的甘地，当时只有 23 岁。他作为在英国接受了四年教育的青年律师，拿着公司为他购买的头等车票，登上了从德班驶往比勒陀利亚的列车。不料车行半路，车上的工作人员认为甘地作为一个印度人，无权坐在头等车厢，要甘地马上坐到行李车厢去。甘地不从，就在彼得马里茨堡（今南非夸祖鲁－纳塔尔省首府）车站被警察强行推下火车，在寒冷的小站蜷缩了一夜。这一夜，给了甘地极大的刺激。甘地认为，这次旅行是"他一生中具有决定性意义的经历"，促使他走上了领导印侨反种族歧视的斗争之路。

人在旅途，看似消遣，其实思绪往往触景生情、信马由缰，进入自己始料未及的轨道。

突然列车长召集大家，有话要说。

列车上的大家蜗居在各自的房间，难得有欢聚一堂的时刻。黑人列车长戴着雪白的巴拿马帽，风度翩翩地端着香槟，和大家一一碰杯，然后郑重地开始宣布乘车纪律。

第一条，各位要于发车前一小时到达"非洲之傲"私家站台或专属候车室。不要耽误发车仪式和讲话。

散坐在周围的客人们微笑起来。我们已经上车了，列车长，你就不要本本主义了。

第二条，吸烟的客人只可以在自己的包房内和雪茄吧解决问题，公共区域是禁止吸烟的。

第三条，手机和笔记本电脑不可以在公共区域使用，只可以在包房内使用，以免破坏列车整体的复古氛围和打扰其他乘客的旅行。

其实在出发前发给我们的注意事项里，我已注意到这条了。此刻听列车长郑重其事地宣布，更显得它非同寻常。我想，一般的隆重场合，只是要求大家把手机调到静音，不发出声响影响其他人即可。"非洲之傲"可真够牛的，干脆让手机、电脑这类高科技的东西玩失踪，不允许它们抛头露面，以防毁了好不容易营造出来的复古气氛。是啊，100多年前的维多利亚时代，若出现电子产品，真是穿越了。

第四条，晚餐时须着正装。

我对这一条噤若寒蝉。拜托老祖宗的丝绸，让我可以体面过关。

第五条，在公共区域不要大声喧哗，注意礼仪。列车上可以提供熨烫衣服的服务和有限的洗衣服务。

第六条，乘客在享受服务和服务员打扫房间时不用付小费，为了表示谢意和礼貌，可以在下车前统一把小费放入房间内有列车长署名的信封，并亲自交给列车长，也就是我。说到这里，他做了一个夸张的表情。

第七条，早餐、午餐和晚餐开始前，会有人在您的包厢走廊摇响铃声，各位客人在听到铃声后，就可以前往餐车用餐啦！

第八条，当您离开房间或列车停车时，请务必关上车窗并拉下百叶窗，以防您的贵重物品从火车外被窥视到。当然，这个窥视者有可能是人，也有可能是大猩猩或狒狒。

说到这里，可能是为了提醒大家对此问题要高度重视，戴着巴拿马凉帽的黑人列车长抬腿一跃，箭步跳上了庭院中的白色铁艺桌子，站在上面继续演说。

客人们先是吃了一惊，但很快反应过来，对列车长的幽默报以掌声，表示记住了列车长的叮咛。

第九条，列车上设有小图书馆、小商店、雪茄吧等设施，您可以在那里阅读、购买和吸雪茄。休闲车厢和列车尾部设有吧台和观景台，很适合大家放松和聊天，结识新朋友。列车上的任何一种酒水，都可以随意免费享用。

听到这里，我不禁深叹一口气。我是个滴酒不沾的人，对此福利只有望洋兴叹了。

第十条，请注意您的房间里窗子旁的桌子上，会有一个文件夹。这个夹子里有"非洲之傲"列车的创始人罗罕·沃斯亲笔签发的您乘坐这一豪华列车的证书。一定要好生保存，下车的时候要记得带回您的家乡，留作纪念。

第十一条，非洲的太阳十分厉害，您下车游览时，请注意一定涂抹防晒霜并戴上帽子。在您客房的更衣柜里，有"非洲之傲"赠送的高效防晒霜。至于帽子，在我们的小商店里有售，比如我头上戴的这顶，就是小商店的货品，它标有"非洲之傲"字样。买一顶，下车的时候，它可以为您遮阳。回到您的家乡之后，您戴着它出门，一定会有很多朋友问您，这么漂亮的帽子是从哪里买的啊？您就可以跟他们讲讲您的非洲之行。

哎呀呀，列车长真是绝好的推销员，我几乎怀疑这个式样的帽子卖出后，列车长是否有提成？之后的若干日子里，我不断看到有人到小商店问询这种帽子，开口就说，我要买和列车长一样的帽子，最终把那款帽子买断了货。

什么叫奢侈？这些注意事项多少说明了一点儿问题。你要模仿远去的尊贵，就要暂且放弃原有的生活角色，潜入 19世纪欧洲宫廷生活之水，享受旧式的无所事事和尊贵与从容。你时不时会有点儿恍惚，隔三岔五地出现轻微的错乱，但又异常真实。

上车。又要出发了。

这次我注意到五扇窗户的玻璃中央都雕有一只小鹿。服务员告诉我,这个车窗玻璃是特制的,除了有沃斯火车公司的标记,还有防止眩晕和不适的作用。

我的目光透过小鹿的四蹄,在荒凉的非洲大地上不断地移动着焦点。身体随着机车的特定速度在匀速前进着,我几乎以为自己已是这个钢铁怪兽的有机组成部分,天生就能用这种速度行进。类似开普敦桌山的地质结构在窗外层出不穷。如果说开普敦的桌山被称为上帝的餐桌,那么现在窗外鳞次栉比的大大小小的类桌山、准桌山,简直就是上帝的食堂,或者说是上帝的美食一条街了。

打开车窗,大自然的气味扑面而来。森林的冰冷潮湿气味,天空的辽远空旷气味,野花稍纵即逝的清甜,牧场的牛粪味,腐草的暖腻气,煤火的硫化气……窗户就像是气味和光影合谋的舞台,瞬息万变地演奏着原生态的大合唱。

整个火车的最末一节车厢是休息厅和观景台。休息厅里有一个吧台和服务生,随时免费提供各种饮品。这节车厢的窗玻璃更是大得异乎寻常,你可以坐在沙发里,尽情欣赏窗外景色。太阳就要下山了,落日浩瀚的光芒把远山修剪成黛青色的轮廓,天际中的云团正试图越过戴着最后一抹金色的山丘之巅。

休息厅的尾部是一扇落地玻璃门，我推开玻璃门，顷刻便置身于车外的廊中。视野在这里无拘无束，毫无遮拦。车廊有宽大的木质长椅，坐在上面，探出身体，风像鞭子一样抽打在脸上，好似骑在龙的背上。

旅行是什么呢？

所谓旅行，不但指身体的空间移动，更是心灵的飞翔之途。墨西哥曾经获得过诺贝尔文学奖的作家奥克塔维奥·帕斯说过："旅行的愿望，在人身上是与生俱来的。谁要是从未萌生过此念，那绝非人之常情。每次旅行向我们展现的国度，对全体造访者来说，原本是同一个，可是在每一位旅行家的眼里，却又有见仁见智的不同。"

此时此刻，观景走廊上只有我一个人。

天地间仿佛只有我一个人。

其实，旅途上没有真正的独行。即使周遭没有人，还有非洲的原野，还有飞驰的机车，还有不时鸣响的汽笛，还有无数的故事。就算这一切都没有，那我还有自己同在。

印第安公主

马斯洛感叹，他在这群近乎文盲的印第安人身上，看到了具有
高度道德情操与利他思想的财富观。

　　旅行在外，总睡不踏实。半夜醒来，拉开窗帘，猛见漫
天银白，雪片席卷。我有一个小爱好，常爱在半夜醒来，偷窥
一座城市。人像浮沙，白天虚罩在城寰之上，夜里用黑黝黝的
五指将绝大多数人拂开，露出城市的真容素颜。

　　自打别离西藏阿里，我已经很久没有见过这样的大雪了。
在加拿大的卡尔加里城，与暴雪相逢。

　　只是，这里的雪，和当年阿里的雪，可有血缘？藏北高
原是世界的制高点，那里的水，蒸腾翻飞，一站站迁徙，许多
年后，走到西半球的异国，也算不上太快。

　　凭窗远眺，凄清路灯下，一只小动物在雪地上欢快蹦跃。
起初我以为是一只兔，仔细看了，才发现是一只野狐。加拿大
地广人稀，人和动物谐生共存，在城市中看到动物，比如鹿或

119

熊，都不见怪。此地的垃圾箱配有很复杂的铁盖子，巧设机关，需要费一番手脚才能打开，据说有的干脆上了锁。我刚开始挺奇怪，心想每个倾倒垃圾的人都怀揣一把钥匙，这也忒烦琐了。难道害怕有人偷垃圾吗？既然是你都抛弃的东西，别人看上眼拿走了，还保护环境和废物利用呢。干吗这么小气！

当地朋友告诉我说，垃圾箱上锁，不是为了防人，而是为了防止动物偷吃。

垃圾箱里总会有食物的残渣，漫游城市的动物如果可以轻易得到这些食品，它们就会养成习惯，一天到晚进城晃荡，给城市的居民带来安全上的隐患。再加上丢弃的食物，很多是带有病菌甚至腐败的，会对动物的身体产生不利影响。打断它们千百万年来养成的食物链，是十分危险的事情。

于是，感佩。

这只雪狐想来格外聪明吧！它也许能找到没有上锁的垃圾箱？或者，它心知肚明某家面包店有一个库房，留有一条小径，可以容它钻进去饱餐？抑或它只是喜欢城市突然从灰黑变成了银白，愿意在这漫天的保护色中徜徉而毫不担忧？倘若危险靠近，它只要就地一滚，便只剩下浑然一体的银白。

盯窗时间长了，我双眼迷蒙。因这雪和狐，再也无眠。

按照原计划，我们今天要到一个被称为"野牛碎颅崖"的地方去参观，距离大约有 200 千米。

北美野牛体形巨大，黑毛纷披，简直是牛魔王的化身。我生性并不胆小，且在西藏看到过野牦牛，对大个头的野生动物，自信有点儿免疫力。但在当地博物馆里看到野牛标本时，还是手脚冰凉。它魁梧凶悍，身躯伟岸，牛眼圆睁，弯角如弓，四蹄圆硕如盆，紧扣大地，每根牛毛都蕴含着倒海翻江的力量，黑暗的毛皮好像能吸收一切光线，如同披着黑色大氅的移动山脉，充满令人恐惧的庄严感。

"野牛碎颅崖"曾是黑脚印第安人的故乡。我当年在马斯洛的书里第一次看到这个名称的时候，以为这拨印第安人的脚踝黝黑，由此得名。其实另有一番故事。传说，早年间的某一天，印第安族群的人口太多了，他们决定把整个部落一分为三。第一批人马走过一片已被烧过的草原，于是脚底板和脚踝都染黑了，从此这一拨人被称作黑脚印第安人。第二批人马在野地里采食野莓，把手、口都染红了，所以被称作血族印第安人。第三批人马命名的出处我忘了，遗憾。我更喜欢"血族"这个称呼，充满悲壮之感，虽然野莓的红和鲜血的红有所不同。

黑脚印第安人主要分布在加拿大的艾伯塔省和美国的蒙大拿州。他们曾是美洲西北平原上最勇敢、最强大的部落之一。冬天的时候，他们在河谷分散居住，以熬过酷寒的气候。到了夏天，就会聚集起来，举行隆重的太阳祭。

2000 年，我在美国与一位印第安人的心理学女博士聊天。她说，马斯洛的"需求层次理论"，正是马斯洛在和印第安人的亲密接触中形成的。犹如达尔文搭乘"贝格尔"号经过加拉帕戈斯群岛，奠定了他关于物种起源的伟大理论。

马斯洛生于 1908 年，因心脏病突发，于 1970 年逝世，年仅 62 岁就离开了人间。他是美国著名的哲学家、社会心理学家、人格理论家、比较心理学家，是人本主义心理学的主要创始人。他是对人类产生了重要影响，而且还将产生长久影响的伟大的心理学家。他在心理学界的影响，堪比爱因斯坦在物理学上对人类的贡献。

马斯洛和黑脚印第安人的友谊源远流长。起初，他认识了一个名叫"黄苍蝇泰迪"的黑脚印第安人。泰迪 50 岁左右，母亲是黑脚印第安人，父亲是中国人（按照中国人的算法，这个人应该算是中国人啊）。

泰迪的父亲原本是一名铁路工人，铁路修好以后，他在镇上开了一家店。泰迪从小在保留区的边界长大，后来上了加拿大的一所农学院，成为部落议会中受教育程度最高、英语讲得最好的长老。他热爱学习，学识相当渊博，还有一辆自己的车。

令马斯洛钦佩不已的，是泰迪的仁慈和慷慨。

每当有族里的人向他借车，泰迪二话不说，马上就掏出钥匙。身为车主的泰迪不但要付油费、修轮胎，有时候还要到保留区中间救出那些不怎么会开车的人。拥有全部落唯一的车，没有给泰迪招来嫉妒、恶意或敌视，反而给他带来了骄傲、喜悦和满足。族人都很庆幸他有这辆车。

马斯洛看到，黑脚印第安部落中的人贫富差距很大。为了正确理解财富和安全感之间的关联，他开始调查哪些人是黑脚印第安部落标准下的有钱人。

他先是问保留区的白人干事：谁是当地黑脚印第安人当中最富有的人？白人干事说了一个名字。马斯洛一愣，因为他从未听当地黑脚印第安人说起过这个人。白人干事很肯定地说，按照登记表上的记载，这个人名下牲畜的数量，绝对是全部落最多的。

马斯洛带着疑问向当地黑脚印第安人请教。当提到这个牛马多的人的名字时，当地人很不屑地说："这个人不跟别人分享，怎么能算是富有的人！"马斯洛恍然大悟，在黑脚印第安人的评判标准中，不跟别人分享的人，无论他的财富数字有多少，都不能算是富有的。富有并不等同于财富的累积，只有表现慷慨、乐于助人、让族人引以为傲的人，才能获得族人最高的钦佩、尊敬与爱戴，这才是真正的富足。

黑脚印第安人认为，只是累积财产，一点儿意义也没有。唯有通过施舍，一个人才能在部落中获得真正的威望和保障。

在黑脚印第安人眼中，最富有的人就是施舍最多的人。而且，偶尔一次的施舍并不算数，必须持续不断地为众人付出。马斯洛感叹，他在这群近乎文盲的印第安人身上，看到了具有高度道德情操与利他思想的财富观。

每年的 6 月底，是黑脚印第安人太阳祭的日子，这是他们一年当中最重要的庆典。人们先把部落里所有的帐篷围成一个大圈圈，有钱人则将许多毛毯、食物以及各式各样的东西高高堆起。一个人去年积攒了多少财产，这时候要尽量把它们堆起来供众人选用。

当祭典进行到某个阶段，有人就会依照黑脚印第安人的习俗，昂首阔步地走上前，开始述说自己的成就。他会很自豪地说："我的成就、我的聪明才智、我成功的事业以及我的富裕，你们都很清楚。"然后，他开始把堆积起来的财物分赠给寡妇、孤儿、盲人和病人们。当这个庆典进行到最后，他所有的财物会分送一空，只剩下身上所穿的衣服。

黑脚印第安人的地位感、尊严和爱的感觉，在这个神圣的场合表现得淋漓尽致。他们终年劳累，省下很多钱，有的人甚至借债，为的就是在祭祀的庆典上施舍。那些拿出东西最多的人，在庆典过后很可能变得身无分文，但会受到整个部落的尊重。他"被定义为一个非常富有的人，他得到每个人的尊敬和爱，因而受益"。马斯洛因此震惊不已。

《纽约时报》曾这样评价马斯洛："马斯洛心理学是人类了解自己过程中的一块里程碑。"另外，还有这样的评价："正是由于马斯洛的存在，做人才被看成一件有希望的好事情。在这个纷乱动荡的世界里，他看到了光明与前途，他把这一切与我们一起分享。"

在读到马斯洛的人本主义心理学理论之前，我基本上是一个悲观主义者。我觉得做人是一件不好的事情，充满了苦难和未知。我并不多愁善感，但觉得这个世界无可救药。在学习了马斯洛的理论之后，我决定把人生过得丰富多彩，乐观地追求人生终极的意义。

让我们回到"野牛碎颅崖"吧。落基山脉深处连绵的山地，是印第安人祖祖辈辈聚集、繁衍的家园。为了维持生计，必须猎杀野牛。牛肉可以充饥，牛皮可以做成帐篷及衣服，牛粪可以生火取暖，牛的腱、骨和角可以制成工具。北美野牛是牛科动物中最大的成员，体重可达1吨。这个庞然大物可不是随意就能晾成肉干的。如何猎捕呢？黑脚印第安人发明出一种聪明的狩猎方法——让野牛跳崖。据说这种剿灭野牛的方法，相袭应用了5500年。所以，野牛跳崖的地方并不仅指某一处，在北美大地上有很多处。加拿大艾伯塔省的这一处，崖长约300米，是世界上历史最久、面积最大和保留最好的野牛跳崖处。

人们看到"野牛碎颅崖"这个名字，常常以为指的是野牛从高崖坠下后，颅骨摔碎了。但真实情况是——粉身碎骨的不是野牛，而是一位印第安少年。他血气方刚，为了展示超人的勇敢，当野牛群奔驰咆哮而来时，他独自跑到崖下，想第一时间收获野牛战利品。不料他靠得太近了，被坠落下来的野牛砸在头骨上，结束了年轻的生命。黑脚印第安人为了纪念他的"英勇"，将此地叫作"野牛碎颅崖"。

　　我无法考证这个故事的真伪，但心中久久不能平静。

　　不要把"野牛碎颅崖"想象成万丈深渊，那是观光者的一厢情愿，其实万丈深渊并不适合真正俘获猎物。想想看，如果野牛死在深不见底的峡谷里，下一步如何操作？野牛的尸体要进行分割处理，大块的肉被储存盐浸，牛皮和牛骨则分别制成衣服和劳动用具，这些都需要迅速处理，时间长了就会腐败。所以，山不在高，能摔死野牛即可。"野牛碎颅崖"的最高点离谷底仅 12 米，只有 3 ~ 4 层楼高。在方圆 1 千米的范围内，星星点点地散布着贮肉窖和灶坑的遗迹，当年印第安人在此加工野牛肉，据说用古法制作的肉干可保存几年不坏。

　　从 1938 年开始，美国自然历史博物馆对这里进行了深入发掘，工作一直进行了 9 年。研究人员从四周地形地貌入手，复原了当年印第安人的活动画面。

　　工作是卓有成效的，让今天的人们得以窥见古代印第安人的思维，明白了为什么这里会成为野牛的坟场。"野牛碎颅崖"的西部，有 40 平方千米的积水沼泽盆地，生长着茂密的青草，也有丰富的水源，是野牛上好的栖息地。从春到夏，从夏到秋，绿草如茵，为野牛提供足够的营养大餐。然后是长达 14 千米的由绵延不断的石块堆成的巷道，它直通碎颅崖，成为野牛死亡前的序曲。当印第安人集结狩猎时，先派出机灵的年轻人，学走失的小牛不停嘶叫，凄厉不已。野牛听到后，就会一步步跟随着叫声来寻找小牛。牛群被引到了死亡之路的入口处。这时候，预先埋伏好的大队人马突然出现在牛群后面，挥动着准备好的长巾，大声叫喊着吓唬野牛。牛群受惊，一路向前奔跑。驱赶越来越猛，奔跑越来越急。四蹄奔腾中，野牛跑至悬崖前，巨大的惯性让野牛径直向前，画一条弧线，坠下崖底粉身碎骨。

5500 年的追赶，5500 年的杀戮，总算要告一段落了。印第安人为了生存，对野牛的猎杀只是生活必需的一部分。野牛真正的苦难，来自西方人进入北美之后。他们酷爱打猎，酷爱征服，对野牛进行了大规模的屠戮。北美野牛在加拿大一度濒临灭绝。"野牛碎颅崖"于 1981 年被联合国列入《世界遗产名录》，环保加强，北美野牛的数量逐渐增加，种群得到了恢复。

突然发生了一件奇怪的事情。工作人员在对"野牛碎颅崖"进行例行检查时，发现悬崖下出现了一具野牛的尸体。人们惊诧莫名：几十年没有野牛在这里跳下去了，这头野牛为什么坠落山崖？好在只有一头牛死亡，人们把它解释为意外。2002年，又连续发现三头野牛离奇死亡，尸体有被狼、狐、熊啃食的痕迹。管理人员立刻紧张起来，先是怀疑有人盗猎，抑或有人故事听多了，开始模仿印第安人，重复古老而残酷的游戏。他们调动警力，监视"野牛碎颅崖"的动态，结果显示并没有可疑的人搞恶作剧。事情还没有完结。2003年至2004年，又有几头野牛坠下悬崖死亡，人们不得不怀疑野牛是否有自杀情结。但如果不是自杀，是谁杀害了强大的北美野牛？

百思不得其解，管理人员只好启用现代化的监控手段，在"野牛碎颅崖"附近安装了多处监视摄像装置。2005年2月，野牛坠崖之谜终于解开。一群北美狼模仿当年的印第安人，将一头野牛驱赶到了石头巷道内。古老的石头巷道虽然残破，但并没有失去实用功能。野牛在巷道内左右冲撞，见缺口就钻，方位感变得混乱。野牛奔跑时是低头向前，当它冲上悬崖，想"刹车"已经来不及，一个趔趄就栽了下去。看见野牛栽下去了，狼群迅速下到谷底，饕餮分食。

看罢摄像画面，管理人员大吃一惊，没想到这古老的遗迹竟然能被狼群利用，继续猎杀野牛。对此事的分析，动物专家分成了两派。一派认为，北美狼是印第安人利用"野牛碎颅崖"猎杀野牛的"观众"和既得利益者。多少年来，它们不断观望这个过程并分得残羹剩骨。狼是很聪明的，印第安人数千年的演示，让它们"看懂"并铭记这里的奥妙。北美狼学到了这个方法，多少年来一直都在利用"野牛碎颅崖"猎杀野牛，只不过因为数量少而被人们忽视。另一派动物学家认为，北美狼是偶然为之，野牛数量增多了，狼在追逐野牛时将野牛逼上"野牛碎颅崖"，是瞎猫碰上了死耗子，不要想得那么复杂。

不管怎么说，现在基本上认为这个现象还属于狼的正常猎杀范围，几头野牛坠崖不足以对野牛种群构成威胁，不必关闭"野牛碎颅崖"。不过，专家也表示，将密切关注北美狼的动向。一旦它们太猖狂了，坠崖的野牛数量达到警戒线，就要采取措施了。所以，如果你想看到这个独特的景观，还得早点儿去艾伯塔。

对野牛了解得越多，就越对黑脚印第安人的命运充满关切。

我将会见一位印第安公主。

说她是公主，不是因为她出生于显赫的印第安人酋长世家。印第安人崇尚平等，没有世袭的称号。她的父母都是普通的印第安原住民，家在印第安保留地。不过，她走出了保留地，上了大学，被选为当地的旅游公主。

漫天大雪中，我们见了面。

她盛装而来，身着印第安人的传统服饰。一件红上衣，下着兽皮绲边的长裙，颈戴白、黑、绿、黄珠子穿成的项链，项链上还系有各色银质的饰片，叮当作响。头上缀着五彩缤纷的羽毛，摇曳生风。红褐色的皮肤，浓眉大眼，秀发过肩，目光灵动。

她很年轻，只有20岁。虽然当选了旅游公主，按说见过不少场合，但仍有一点点紧张。我想让她放松一点儿，就说，你的衣服非常漂亮啊，走到街上，是不是有很多人看你啊？

她高兴起来，说，每当我穿上民族的服装，就会很有自豪感。

我说，你的衣服上有这么多飞禽走兽的装饰，我想一定有很多含义。

她说，是啊。不同的部落，服饰上有细微的差别。别人看不出来，我们自己知道。我们崇尚自然，比如会画上或缝上鱼、羚羊、梅花鹿的样子……

她用了"缝上"这个词，准确传神。印第安人喜欢粗犷，但我们看惯了自己民族在丝绸上精雕细刻的绣活儿，乍一看这种风格，感觉煞是粗糙。不过，谁规定这个世界上只有精致是美，大刀阔斧就不是美了呢？

印第安公主继续讲解着她的衣服。这一身行头，简直就是印第安文化的博物馆。

她说，十字形花纹是为了辟邪。人形的图案代表强壮和美丽，贝壳代表大海，宝石代表高山……

我说，你常回印第安人的保留地吗？

她说，我小的时候一直在那里生活，现在也经常回去。不过，我觉得印第安人要有新的发展，所以我就到城里来上大学了。

我说，你学的是什么专业呢？

她说，我学的是经济和贸易。我觉得这对印第安人走出来特别重要。

我说，你是印第安女孩子的榜样。

盛装的印第安公主坐在我面前，我觉得好像在和中国的一位少数民族的姑娘聊天。她的眉眼和举止，都让我们之间有一种天然的亲近。

我说，你觉得咱们长得是不是有点儿像？

她一下子活泼起来，笑着说，真的有相似的地方。

我说，你到过中国吗？

她说，没有。但是，我想以后会有机会去的。

说到这里，她露出很神往的表情，说她奶奶到过中国。

我说，哦，那你奶奶对中国是怎样评价的？

她说，我奶奶说，在非常遥远的地方，有很多很多和我们长得很像的人。你以后一定要到那里去看看啊。

我的眼眶一下子湿润起来。印第安人是蒙古人种，他们迁徙到北美大陆，经历了那么多磨难，从驰骋山川大地的原住民，到迁居一隅的保留地土著，有着太多的辛酸和忧患。长久地沉浸在感伤和愤慨中，也许并不是最好的选择。这个印第安公主，既铭记自己民族的历史，也敞开襟怀去拥抱新的生活，才会在传承中注入新的活力。

　　每当写到印第安人，我的心中总会壅塞很多忧伤。这个古老的民族，和我们不但有着血缘上的近似，在命运上也有一种前车之鉴的警醒。如果我们不是和欧美的殖民者距离很远，如果不是我们的民族人口众多、国家幅员辽阔，如果不是风起云涌的革命和无数志士仁人的牺牲，我们真有可能重蹈印第安人的历史悲剧。

　　印第安公主，我衷心地祝你幸福。愿你能在不远的将来的某一天，到中国来看一看。在这块和北美大陆一样富饶美丽的土地上，中华民族依然是这里的主人，说着我们自己的语言，用着我们自己的文字，发扬着我们自己的文化。这个世界原本就如此多元，为什么要用一种文化去征服另外一种文化，为什么要把这个世界上的文化分成三六九等？

　　我是一个彻底热爱中华文化的人，牵挂着它曾经的辉煌和后来的衰微以及期冀中的崛起。

从此大自然的力量将永远追随你

一个人走了多远的路，去过多少个地方，见过多少人……这些一点都不重要。

在厄瓜多尔一家餐厅吃饭。此地生活节奏缓慢，你万不要指望屁股刚一落座，就会有手脚麻利的服务生端来热气腾腾的预订餐食。况且我们点了当地的特色食物，是用古老方式烹制的餐品，这个过程一定慢条斯理、旷日持久。你想啊，远古人除了被野兽追赶时玩命脱逃、打猎时激情奔跑，其余的时间都是悠闲地晒太阳，互相挠挠脊背。

现代中国人的胃，已经被挑唆坏了，一瞄见餐桌就开始汹涌分泌消化液，让人不饿也饥肠辘辘。

人在某种程度上，是被环境之手拿捏的橡皮泥，适应性极强。当外界斗转星移改变时，人们会顺势而为。找工作做投资玩股票如此，吃饭也是如此。我们一行人审时度势，不由自主地放慢呼吸，以减缓胃肠道的不安蠕动。

环顾四周，尽量以古代人的心境，调整自己的行为举止。餐厅仿照印第安人风格建造，衰草苫顶，有植物暗香自天花板渗落而下。桌椅板凳一律是用带着伤疤和裂痕的原木雕成，好在打磨尚光滑，不然也许能把手指剐个刺。四周挂着姹紫嫣红的羽毛装饰品，表明这是属于部落酋长的领地。餐具都是粗瓷土陶所制，点染着浓烈兴奋的局部重彩，诱人食欲喷薄欲出。

我私下里揣摩，这餐具风格当是现代人的臆想仿造。最原始的吃法，该是赤手空拳茹毛饮血。果真如此操作，餐厅便生出几分惊悚。再者，初民的食物未必充足，不应肆意挑逗食欲。人胃口开得太大，易导致囊中羞涩供应不足。

正胡思乱想着，来了一位衣着颇有风度的当地男子，自我介绍说是本土画家，要当场作一幅画给我们看。反正一时也吃不上饭，大家就很有兴趣地围拢来，观看他作画。

画家约40岁年纪，相貌稍带印第安人特点，但不典型，眉宇疏朗。可能经过了多次混血，肤色有欧洲人的白皙浅淡，鼻梁高耸，眼窝深陷，面部曲线丰富，不大似印第安人面貌的一马平川。

他旁若无人地将画布支好，摆放好一应用具，看也不看我们一眼，就开始挥笔作画。先是用大团清新明亮的颜色涂在画布的中央偏上部分，明黄加粉红，让我几乎疑心他要画一朵牡丹。然而很快我就知自己错了，在该出现绿叶的部位，画家大面积地点染纯白色，那白色如奶油般融化着，向四下里流淌出羽毛般的垂翼……如果他继续在这个部位画下去，大家或许就能猜出这幅画的主题，但是画家掉转画笔，饱蘸蓝色，在黄粉色块的周边，放笔驰骋，呈斜刷状涂抹蓝色，是那种略带宝石光芒的灰蓝……大家一时猜不透这画的主旨是什么，好在有一种浓烈而丰满的氛围，从对比强烈的色彩中澎湃而出。

我对拉美画风所知甚少，不知这位胸有成竹的画家，手起笔落将展现怎样的美景。自己对拉美风俗的片段了解，仅限于马尔克斯等文学巨匠的描绘。他们笔下异军突起刮起的文学旋风，让全世界开始认识这块神秘之地。

在旅行中，脑海中挥之不去的胜景，当属中南美洲之美。说起来，世上的风光万万千，本是没有高下贵贱之分的。你不能说巨洋一定比旷漠美，也不能说北温带一定比南寒带美。不过中南美洲之美，有它得天独厚之处。它一肩连接了两块品貌悬殊的大陆，本身又处于热带范围之内。此地天赋异禀，再加上太阳辉煌有力的曝晒，便演化出万千气象。

著名的地理学家大卫·哈维在分析社会问题的时候，有一个独特的视角，叫作"历史—地理唯物主义"理论。他认为空间、位置、环境在观察社会时具有重要意义。孟德斯鸠也在《论法的精神》中说，"气候是所有因素中的首要因素"。

如果把地域比作女子，天生丽质当然是形成传奇的重要条件，此外还要加上命运多舛。大陆板块剧烈运动，在此方寸之地疯狂冲撞挤压，滋养出无穷火山。不安分的岩浆奔走呼号，捎带把地下水煮成沸腾温泉。地上地下合力共建，大自然自得其乐地打造出了迤逦独特的风光，地理佳作此起彼伏。单一个举世罕见的热带雾林，就让生物多样性得到极大发扬，让人叹为观止。

中南美洲的美，其次在于文化。说到文化，自然与人密切相关。说到人，就要谈到人种。简单点说，有什么样的历史人伦，就会诞育什么样的文化。如果对此地的文化找个关键词概括，便是"融合"。

美洲的历史错综复杂。本来当地的印第安人活得自得其乐，不想哥伦布大航海时代开启的发现之旅，让欧洲白人征服者大规模地快速移民。那个时代漂洋过海、背井离乡异地迁居的人，多是单枪匹马的生猛汉子。到达此地后，他们与当地印第安女子结合，他们的后代便成了兼具两种文化的新一代混血人。

殖民时期，无所不在的犹太商人也蜂拥进入美洲经商。他们也与当地人结合，将自己的文化注入此地。曾经横行于世的奴隶制，更是带来了大量的非洲黑奴，落地生根。因为同属太平洋地区，陆续也有太平洋沿岸国家的人，比如中国人与菲律宾人跨海越洋，来这儿安家落户。20 世纪，日本人也不甘人后，大量移民进入中南美洲。比如在巴西的圣保罗，日本人就占了相当大的比例。日裔曾在秘鲁当了约十年的总统，可见日本移民势力之广泛。于是中南美洲，就成为欧、亚、非洲人种和当地原住民血缘杂交繁盛的地区。

可以想见，交往之初，文化基因在重组中发生猛烈的冲撞。说得夸张点，好似几个星球的轨道交叉在一处，爆炸燃烧毁坏……典型例子如西班牙统治者，残暴地焚毁了印第安人的典籍，斩灭了印第安的文字，把阿兹特克文明彻底掩埋……深重的文化创伤，刀光剑影、血肉横飞地在这块土地上惨烈发生过。

在这人种和文化杂交的紊乱澎湃之地，便有了新生命的诞生。恕我毫无恶意地引用一个生物学上的词——杂种优势。

"杂种"这个词，原属生物学范畴，本身并无道德意义，属于中性。至于杂种优势，彻头彻尾是个褒义词。它指的是不同品系、不同品种甚至不同种属之间进行杂交所得到的后代。这种子嗣可能会比父系和母系的两个亲本，表现出更优良的品状。比如更强大的生长速率和代谢功能，导致器官发达、体形增大、产量提高，呈现出抗病、抗虫、抗逆力、成活力、生殖力、生存力等一系列品质的提高。这种优于两个亲本的杂种后代，是生物界的宝贝。

当然，杂交的结果也并不都是好的。杂种优势还有一个不争气的孪生兄弟，叫杂种劣势。

中南美洲的殖民历史，终于艰难翻过。火星四溅的冲突，经过几百年时间的打磨，尖利棱角渐渐消失。不同的文化在相互碰撞中彼此雕琢，甚至交融。中南美洲的文化，在保持原始狂野性的同时，又繁衍出了不可思议的优雅与梦幻感，晶莹剔透独具一格，顶端开出奇诡之花。它旺盛的活力、异乎寻常的创造性和强大的内在张力，令人们惊诧莫名。也就是说，巨石被打磨成了鹅卵状，纹理宛在，却已不再狰狞，古老而粗糙的质地中，出现柔和的彩虹。

文化杂交劣势，也一定曾经出现过。不过，做人是一件有希望的好事情，那些卑劣阴暗的文化残渣，终于被绝大多数人摒弃。

人类人种上的大融合，正越来越广泛地在地球各处上演，带来新的基因组合，带来不可预料的发展。可以想见，未来之天下，杂种优势将大行其道。

我这厢正遐想着，那边混血画家叠加着厚厚涂层，画作进展神速。他描绘出一片谷地，谷地中央向上隆起，继续向上……眼见得变成一座山峰。这山峰却不是普通的尖翘峰峦，山顶处出现一平坦凹陷……

观摩到此刻，围观的人们豁然开朗，这幅画的主角原来是一座火山啊！火山满怀炽烈的情怀（从它的山口蜿蜒而下，可见血红岩浆），但插入云端的冠顶，披覆皑皑积雪。紧接着，画家笔触点染，白雪与火山岩浆在半山腰处交织缠斗，远处空灵留白处，缕缕玫瑰色的云雾若隐若现地升起，越显出浓烈中的静谧。

围观者都屏住气，不敢大声呼吸，怕喘气猛了，把梦幻般的景色吹开一个洞，说不定会让假寐的火山重新抖擞。画家继续埋头作画，提笔在画幅下半部点缀荧绿色丛林。只有见过热带雾林的人，才会使用这种近似不真实的绿色。然后画家又着力勾勒出两棵大树，一株开着茄紫色的花，一株开着红黄色的花，树下是剑拔弩张的仙人掌。

在我们鸦雀无声的叹服中，画家完成了他的作品。画布充满了天空苍凉的蓝、植物神秘莫测的绿、晶莹闪光的水面、绚烂卷舒的云雾……

画到这里，画家突然退后一步，仔细端详着，拿起画笔，在澄澈的河边，用堪比白雪的颜色，画了一只小动物。我刚开始以为是只白兔，不对啊，兔子不可能这么大。那么就是一只羊？也不对啊，羊没有这般强壮……画家在我们的猜测中，完成了他心目中的精美造型——羊驼。画面以纯净艳丽的色彩，带着羊驼的呼吸，吹痛了我们的心扉。

这时，画家第一次，也是唯一一次抬起头来，露出雪白的牙齿，向我们莞尔一笑。

我等回报的不仅仅是笑容，还有发自内心的掌声。

画家对翻译说了几句话，翻译转而对我们说，这幅画还要晾吹一下，彻底干燥才能完成。他说，要把刚刚完成的这幅画送给你们。

按照咱国内的习惯，这幅画应该卖给大家。画家技艺不俗，画面饱满艳丽，带有浓烈的中南美洲色彩，又是当场完成的，对旅行者具有特殊的纪念意义。团里几个朋友摩拳擦掌预备出手，连连说，我们买我们买。

翻译对画家转达了大伙儿的意思。我本以为画家客气一番，就会接受这番美意。不想该画家昂着略微有些卷发的头说，他一定要把此画送给中国客人们。

面对此形势，大家就各自打起了小九九。画只有一张，不可能分割，也就是说，只能送给一个人。那么，送给谁呢？画家深陷眼窝中的大眼珠子，专注地一个一个打量着面前这帮人马。劳动成果究竟花落谁家，此君要自己拿主意。

我这人运气比较衰，凡天上掉馅饼的机遇一般与我无干，自卑地早早就放弃了此等美事，专心看画家的表情，以揣测他的动向。

此先生一丝不苟，目光像探雷器似的在众位团友脸上一寸寸挪过。他光看面相似乎还不足以做出判断，加上首尾端详，连各位的身材也一并巡视在内。我想，这是否为职业习惯？抑或平常日子来这海角天涯处的旅人也不多，此君要借此揣摩一下东方人的面部和身量特征？

鸦雀无声。几位资深美女，绽放美好笑容；几位年轻男士，格外挺直了腰板。倒不一定非想得到馈赠，或许只是习惯性地表示友好和礼貌。画家的目光扫到我身上，我轻轻摆摆手，表示自愿退出接受馈赠的候选名单。

等待如此漫长。也许真实的情况并没有那样漫长，但在接受目光甄选的众人的感受中，时间绝不短暂。终于，他向翻译嘟囔了一段话，翻译对大家说，好了，他已经选定了要赠予的人。现在，他要先去将画烘干，回来后再将画作送出。

说罢，画家端着画，离开我们的视野，不知到何处去对画作精心进行后期处理了。此君潇洒地卖了一个关子，让一干饿得眼睛发蓝的中国人，且听下回分解。

我等群体性失落。本以为谜底揭晓，现在却成了一桩悬案。于是彼此打趣，纷纷猜测谁会入此中南美洲画家的法眼，成为幸运者。有人大而化之地先猜他会选男人还是女人，有人按照惯例猜他会选哪个年龄段的人。正调侃着，豚鼠餐上来了。可能是为了让食客们有更直观的感受，向饕餮之徒启蒙豚鼠是什么，店家非常贴心地准备了一个玩具：一只约有 A4 纸大小的毛绒豚鼠，竖着耳朵活灵活现地蹦上了桌子。侍者将它端端正正摆在中心位置，胡噜了一下它被压扁的耳朵，示意我们可以和它合影照相。

我大张着嘴巴半天合不拢。如果世界上有什么适得其反的好客举措，那么此项——在啖此动物骨肉之前，把这动物的卡通玩具拿来供食客们观赏，实在能排前三了。我甚至很下作地怀疑此乃店家的计谋，想从根本上败坏众人的胃口，以节省店里的粮草用度。

毛绒豚鼠按1:1等大比例制作，约有25厘米长，20厘米高。身材圆滚滚，脑袋特大，占了身体的三分之一。眼睛又圆又明亮，如夏夜朗星。但凡动物，头大就易惹人好感，比如熊猫，概因为容易让人联想起稚嫩婴儿。至于眼睛清澄，更是惹人怜爱的必要条件，以示天真无邪。豚鼠耳朵很小，贴着头部柔软竖起，嘴巴半张着，龇着两颗短短的门牙，十分俏皮。再加上它毛色雪白，又糯又软像个胖元宵。眼盯着这般可爱的动物模型，谁还敢舞动刀叉，吃盘子里肋骨一根根毕现的豚鼠肉呢！

有人对豚鼠这个名称陌生，打听着。我已认出了它的真身，不忍把它更广为人知的小名告诉众人，便紧紧钳着嘴巴。

可我不说，有人会说。翻译介绍，豚鼠原产于南美洲的安第斯山脉，就是此处，为它的老家。印第安人很早就把豚鼠驯化成了家养的小动物，以弥补肉类的不足。他们还会用它治病，占卜未来。

我心中暗忖，豚鼠啊豚鼠，你可占卜出自己就要被人吃掉的命运？

导游继续说，现在看到的这只豚鼠是白色的，其实它的毛色多样，有黑色、灰色、褐色、浅咖色等，甚至还有长着各色斑纹的豚鼠。它还有一些名字，比如几内亚猪、天竺鼠等，不过它和猪可一点关系也没有，也并非来自几内亚和天竺。它们生活在草地、林缘和沼泽。一般是五到十只聚成小群，吃素，当地人叫它"归"，类似其发出的声音。现在请你们猜一猜，它们最爱吃的植物是什么？

大家面面相觑，还真不知这小小生灵的饮食癖好。

问题遇冷，导游只好自问自答，它们最喜欢吃的是青椒。

想不通，一个鼠辈，为何喜吃此物？不知青椒的亲戚——辣椒它可喜欢吃？

如果可爱的当地导游此时停嘴，可能还有三分之一的人能够进食。但她热心地补充了一句，英国王室还曾把它们当作宠物，它有几个小名，叫作海猪、荷兰猪……

啪啪！几乎所有的人都停下刀叉。原来，豚鼠就是那个被养在笼子里的会蹬小车轮跑个不停的荷兰猪啊！岂止英国王室，普通小孩子也会精心饲养，倾心宠爱。只不过豚鼠在它的故乡，个头更大一些，像小型兔子。

尽管我非常尊重当地原住民的生活习惯，对安排特色餐食心怀感激，也并非素食主义者，但这顿饭，我没有吃一口豚鼠。概因那只毛茸茸的白色豚鼠，正用它黑亮的眸子很严肃地注视着我，好像在发问：你，真的会吃我吗？

我，不敢。

胡乱吃了几片面包，惊魂未定时，那位英俊的混血画家把吹干装好的画作拿了过来。众人被豚鼠餐吓回去的好奇心，满血复活。奇思妙想、不拘一格的本土画家，究竟会把他的画作送给谁？离席的这段时间，他是否脑筋一转，改变了主意？他还会一往情深地属意他最初的选择吗？拭目以待。

这一次，他没有让大家等待太长的时间，甚至连一分钟的间隔都没有，他径直走到一个老男人面前，双手呈上他的画作，诚恳地说，我把这张画送给您。我在这张画上，画了火山和雾岚，画了鲜花和树木，画了河流和动物……这就是我亲爱的家乡。希望您回到中国之后，看到这张画时，能想起美丽的中南美洲……

老男人被这突如其来的好运吓得乱了章法。完全没想到画家会选他作受礼者，一时之间有点发愣，受宠若惊后语无伦次。他站起身来，抻了抻衣服，结结巴巴地说，这可如何使得……哎呀，实在是……您……不能……

混血画家满面笑容，温和地看着老者，说，请收下吧。您带它回到中国，常常看看它，会记得中南美洲之美。

144

老者不知道说什么好，气氛尴尬。倒是一旁的当地导游看不下去了，用中文对老者说，您就收下吧，表示感谢就是了。

老者这才清醒并镇定下来，感动地说，这真是一件宝贵的礼物！我一定好好珍藏。非常感谢您！

混血画家频频颔首，双手把画作交到老者手里。老者搓搓手，准备郑重接过。正当我们饶有兴趣地注视着这一幕，打算等画作彻底交到自己人手里后立马围过去好好观赏之时，画家突然把手抽回，画作旋即又回到他身边。大家不知他是何用意，揣测保不齐画家又改变了主意，打算改送他人？

画家对当地导游说了几句话。导游翻译道：我要在这张画的背后写上我的祝福。

老者大喜过望，他不但能得到一幅画作，而且能得到画家的亲笔祝福，"买一送一"啊。不对，这个"一"不是买的，本身就是送的，好事成双！

画家提起笔来，在画作的背后笔走龙蛇，留下一段话。老者看着这段西班牙文，说，您能告诉我是什么意思吗？

画家说，我画的是我们中南美洲最壮丽的景观。我写的这段话是——从此，大自然的力量将永远追随着你。说完，他专注地看着老者，好像这是他写下的一个神秘符咒。

老者高兴极了，口中念念有词——大自然的力量，将永远，追随……

从豚鼠餐厅走出来，包括在那之后的很长一段时间，我都用非常仰慕的目光看着老者。他不再是原本的那个他了，有大自然的力量在他背后撑腰，今非昔比了。我再有什么要和他争执的问题，一想到大自然的伟力什么的，马上就心虚腿软，乖乖地退避。

那个老者，就是我家老芦。

那幅来自中南美洲画家的画作，此刻正挂在我家的墙上。

法国的浪漫主义作家夏多布里昂说过："每一个人，身上都拖带着一个世界，由他所见过、爱的一切所组成的世界，即使他看起来是在另外一个不同的世界里旅行、生活，他仍然不停地回到他身上所拖带着的那个世界去。"

一个人走了多远的路，去过多少个地方，见过多少人……这些一点都不重要。重要的是你曾在旅途中看到过什么，曾想到过什么，归来后你若隐若现地感到改变了什么。

旅行像一柄生锈的犁铧，当它被老牛拉着，吃力地翻开土地时，似乎并没有什么明显的作用。你看不到鲜花和果实，只见硬邦邦的土层被剖开并有旧年的草根翻扬。但过了一段时间，泥土中有一些早就埋藏其内的生灵会惊醒和被晾晒，对世界原本麻木的神经像惊蛰后的蚯蚓，蠢蠢欲动。一些原本绝不会重叠的时间断环，曾发生在不同环境的故事片段，来自完全迥异之地的人的面孔，你的童年记忆，在旅行炼丹炉的火焰之中，突然奋不顾身地摞起来燃烧，栩栩如生。它们共同熔炼成记忆之汁，最终结晶为某种难以预料的琉璃。

常常觉得，出门在外，记忆就像拧干的一块海绵沉没在泉水中，汲取新的汁液。回来写成文字，就是加入自己的想象，化成稀薄酒浆。

我愿在静夜与你分享。

远行，与最美的世界相遇

我们期望着与最美好的世界相遇，不辞万里。等我们从远方回到家里，才发现这个世界上最美好的地方，就在我们咫尺之遥的指尖。

你认为，最美的风景在哪里？为什么呢？

我以这个俗不可耐的问题为匕首，插向很多跋山涉水走过五大洲四大洋的人。他们先是愤然，就好像我在逼一个美人，非要她说出自己最绝色之处。

我告诉他们，大俗必雅。你既然走过万水千山，就有必要告知人们你的心得。

有人说，我最喜欢冰岛。可能是爱读武侠小说的缘故，我对所有地老天荒、神鬼莫测的地方，都很有感觉。在冰岛，看到犬牙交错、遍地狼烟的火山岩地貌，看到巨大的地热喷泉按时按点地喷射而出，直冲云汉，好像到了金毛狮王谢逊的"冰火岛"。

有人说，我最喜欢克罗地亚的杜布罗夫尼克小城。中世纪的城堡水灵灵地活过来了。你看到古老的药房、古老的海关，甚至那个时代的洗手池，现在还可以冲手。仿佛被时光吸管"嗖"地一下，嗖回了几百年前。

有人说，我喜欢亚马孙河的莽莽苍苍。你变成史前的一只蝼蚁般的动物，无声无息地凝视着这个没有人类存在的世界的模样。就好像在傍晚，你刚刚独自捕获一条食人鱼，看着它残忍冷漠的眼神，瞬间物我两忘。

有人说，我喜欢废墟。所有的废墟都会讲话，用你听不懂的语言，描述过去的故事。在波斯的皇宫旧址、在埃及的墓穴中探寻历史的深意；在土耳其巨大的棉花堡温泉，凝固成牛奶状的石灰岩像旧时的贵族，在半沉半浮的水中窥探宫廷的秘密。

有人说，我喜欢阿拉斯加的溪流。看一只饿熊，很有耐心地等在水流起伏之处，等着那些迎着浪峰一跃而起的勇敢鲑鱼——扑到熊身边的是其中脚力不健、算计不准的倒霉鬼。熊不慌不忙地捡起来，把鱼的身体变成了点心。

有人说，我喜欢南极。理由么，不用多讲，纯白、纯洁，让人感动得落泪。还有，经过西风带的时候，风浪很大，我晕船难受得要跳海；直至看到了真正的原生态寒冰，才深觉苦尽甘来，一路艰辛有了回报。

回答完毕，被问之人也像澳大利亚土著玩的"飞去来"

镖，反问：你觉得这世界上最美的风景在哪里？为什么呢？

我说，我觉得最美的风景在西藏阿里。我们这个星球上最高的地方。

大家说，你十几岁的时候就去那里守防，一待十几年。你既然已经到过了世界上最美丽的地方，何必等中老年以后，自备盘缠，不辞辛苦地在地球上跑来跑去呢？

我说，我在那里的时候，并不知道那是世界上最美的地方；离开阿里的时候，我想：永不再见。

但是，现在我懂得那是最美丽的地方。因为人生中最贵重的那场旅行，往往不是收拾包裹去往一个计划好的目的地，而是随着命运，开始一场不知终点的漂泊——从父母怀抱着我的那块土地启程，一路走过青春之地、梦想之地，欣赏完生命中最美丽的风景，最后到达永恒的归宿。

一次好的旅行可以改变人生。

例如英国诗人拜伦，从 1809 到 1811 年的三年时间，他出国到世界的东方去旅行。他的想法是——"看看人类，而不是只在书本上读到他们。"还有一个更重要的理由，就是他要扫除"一个岛民怀着狭隘的偏见守在家门的有害后果"。

旅行让拜伦的世界产生了升华，让他成为伟大的诗人。

那些好的旅行，会让人在某个时刻滴下泪来。人在旅行中，会狂喜、会悲伤；会在感动袭来之时，悄无声息地完成一次灵魂的蜕变。

现在，拜交通方便所赐，飞行能让我们的身体频繁地在晨昏寒暑之间往来，跨越若干个时区，甚至东西南北整个半球。几小时就走过了古人的半生之路；只需不到一天，就能掠过玄奘十几年的风雪跋涉。走下飞机舷梯的那一瞬，旅人已和自己的文化断了脐带，与异域风情结下良缘。

有一部电影叫《蚂蚁的尖叫》[1]，里面有一段经典的独白：

"我跨越七大海洋，攀越七大高山，走过所有河谷，穿越广大平原，抵达世界各地。等我回到家却惊异地发现，全世界就在我家花园那一小片叶子的露珠里。"

当我们没有出发的时候，我们不知道这个世界有多大，不知道最美好的地方在哪里。我们以为它们都在虚无缥缈的远方。我们期望着与最美好的世界相遇，不辞万里。等我们从远方回到家里，才发现这个世界上最美好的地方，就在我们咫尺之遥的指尖。

如果你不出发，你就不会懂得这个朴素的道理，你就不知道珍惜。

也许，这就是远方的重要性。因为它以猝不及防的相逢，悄无声息地教会你什么是人间最宝贵的东西。

---

① 又译作《心灵印记》。——编者注

有梦想就不会寂寞

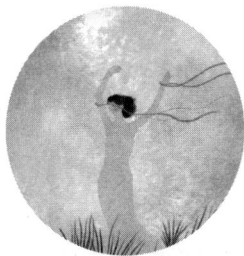

闭合星云之眼

闭合星云之眼吧。因为那不是你的位置，那是神的位置。

青年时代，我曾经有一段时间是一个悲观主义者，这也许和我在青藏高原的经历有关。高原太辽阔了，人力太渺小了。雪峰太久远了，人生太短暂了。有时真是生出无上的悲哀，觉得奋斗有什么用呢？百年之后，不还是一抔黄土？一个人的力量太微薄了，太平洋不会因为一杯沸水的倾倒而升高温度，这杯水却永远地消失了。

后来，我知道这种看世界的角度，被哲学家称为"银河"或"星云之眼"。从这个位置来看，我们和目所能及的所有生物都显得微不足道，一切奋斗都显得荒凉和愚蠢，结局和发展都充满了不可言说的荒谬。一个人，和一只蚂蚁、一条蛆虫没有任何分别。从星云和银河的角度来看，人类轻渺如烟，无足挂齿。

这只眼振振有词，在逻辑上几乎是无懈可击的。你若真要遵循了这只眼的视角，就会从根本上使生命枯萎凋落。

　　一些好高骛远的人，在遭受失败的时候，会拾起这只眼为自己开脱。因为所有的努力和不努力都混为一谈，他们的失败也就顺理成章。一些胸无大志的人，在沉沦和荒糜的时刻，会躲在这只眼后面为自己寻找借口。因为一切都在虚无中，他们的荒废光阴也就有了理论支点。一些游戏人生、放弃光明的人，在黑暗中也眨巴着这只眼，似乎一切都是梦，清醒和昏迷并无分别……

　　你不要小看了这看似遥远而又神秘的星云之眼，如果你长期用这只眼注视世界，就会不由自主地灰心丧气。持久地沉浸其中，还有可能放弃生命。当我们从生活中抽离，成为袖手旁观的人之时，所有世俗的欢快和目标，就变得轻如鸿毛。

　　闭合星云之眼吧。因为那不是你的位置，那是神的位置。摒弃那高处不胜寒的孤寂，回到充满生机又复杂多变的人间吧。僭越是危险的，我们今生为人，是一种福气。珍惜我们明察秋毫的双眼，可以仰视星空，却不要让自己轻飘飘地飞起来，到达星云的高度。那里，据说很冷，很黑，很荒凉。

　　那些让我们感到有内涵、有勇气、有坚持力的人，我坚信他们是有理想的。人很奇怪，只有理想这种东西，才能够提供源源不断的动力。

你的身体里，必有一颗成功的种子

成功并不像想象中那样难。因为我们不敢做，它才变得难起来。

在每个人的生命里，都有一个关于创造的秘密，等待着被发现。那将是你的第二次诞生。

你一定要相信，在你的身体里，有一颗种子，焦灼地盼望着阳光。至于它到底是一颗什么种子，在发芽之前，谁也不知道。

你的责任就是给它浇水，保护它不被鸟雀啄食，不因为干渴而失去生机，不会被人偷走，也不会在你饥肠辘辘的时刻，被你炒熟了充饥。如果那样做了，你虽可一时果腹，却丧失了长久发展的原动力。

那颗种子可能藏在你的耳朵里，你就有灵敏的听觉；可能藏在你的手指甲里，你就有非凡的触觉；也可能在你的眸子里，也可能在你的肌肉中。当然了，更可能在你的大脑中，心脏里，双手中……

每个人在属于自己的成长经历中，早已获得了解决问题的丰富宝藏。请信任我们的潜意识，它必定能在正确的时机产生恰当的回应。告诉你一句悄悄话——有时候，信息也将以非语言的方式揭露真相。

找找吧。一定找得到！

你的身体里绝对有不少于一百种的功能，能保证你在浑然不觉中完成种种复杂的运作。但你不要以为功能们会一直老老实实地待在那里，它们是勤勤恳恳的，却不是任劳任怨的。如果你一直视它们的存在为理所当然，从来不照料它们，不维护和激励它们，或是过度使用，或是置若罔闻，那么，它们不是反抗就是消极怠工，也许集体突围，无声无息地溜走了，让你误以为它们从来不曾居住在你的身体里。要知道，一辈子无意识地随波逐流，会导致你身体的各种功能退化。

成功并不像想象中那样难。因为我们不敢做，它才变得难起来。

每只小狗都有一个目标

我们常常把别人的期待当成自己的目标，在孩童时期，这几乎是顺理成章的事情。

有一对夫妇有两个孩子，一个叫莎拉，一个叫克里斯蒂。

当孩子还小的时候，父母决定为他们养一只小狗。小狗抱回来以后，他们想请一位朋友帮忙训练这只小狗。他们带着小狗来到朋友家，安然坐下。在第一次训练前，女驯狗师问："小狗的目标是什么？"夫妻俩面面相觑，很是意外，他们实在想不出狗还能有什么另外的目标，嘟囔着说："一只小狗的目标？那当然就是当一只狗了。"女驯狗师极为严肃地摇了摇头说："每只小狗都得有一个目标。"

夫妇俩商量之后，为小狗确立了一个目标——白天和孩子们一起玩，夜里要能看家。后来，小狗被成功地训练成了孩子们的好朋友和家中财产的守护神。

据说，这对夫妇就是美国的前副总统阿尔·戈尔和他的妻子蒂帕。他们牢牢地记住了这句话——做一只狗要有目标。推而广之，做一个人也要有目标。

在现实生活中，却有太多太多的人没有目标。其实寻找目标并不是一件太难的事，关键是你要知道天下有这样一件唯此为大的事，然后尽早来做。正是你自己需要一个目标，而不是你的父母、你的老师或你的上级需要它。它的存在，和别人的关系都没有和你的关系那样密切。也就是说，它将是你最亲爱的伙伴，血肉相连的程度绝对超过了你和你的父母、你和你的妻子儿女、你和你的同伴及领导的关系。你可能会丧失所有的财产和所有的亲人，但只要你的目标还在，你就还有一个完整的系统存在，你就并不孤独和无望。

我们常常把别人的期待当成自己的目标，在孩童时期，这几乎是顺理成章的事情。但是，你会渐渐地长大，无论别人的期望是怎样地美好，它都不属于你。除非有一天，你成功地在自己的心底移植了这个期望，这个期望生根发芽，长成了你的目标。那时，尽管所有的枝叶都和原本的母本一脉相承，但其实它早已面目全非，它的灵魂完完全全只属于你，它被你的血脉所濡养。

我们常常把世俗的流转当成自己的目标。这一阵子崇尚金钱，你就把挣钱当成了自己的目标。殊不知金钱只是手段而非目标，有了金钱之后，事情远远没有结束。把金钱当成目标，就是把叶子当成了根。目标是终极的代名词，它悬挂在人生的瀚海之中，你向它航行，却永远不会抵达。你的快乐就在这跋涉的过程中流淌，而并非把目标攫为己有。从这个意义上说，金钱不具备作为终极目标的资格。过一阵子流行美丽，你就把制造美丽、保持美丽当成了目标。殊不知美丽的标准有所不同，美丽是可以变化的，目标却是相当恒定的。美丽之后你还要做什么？美丽会褪色，目标却永远鲜艳。

有人把快乐和幸福当成了终极目标，这也值得推敲。快乐并不只是单纯的快感，类乎饮食和繁殖的本能。科学家们通过研究，发现最长远、最持久的快乐，来自你的自我价值的体现。而毫无疑问，自我价值从属于你的目标感，一个连目标都没有的人，何谈价值呢？

一棵树的目标也许是雕成大厦的栋梁，也许是撑一把绿伞送人阴凉。也许是化作无数张白纸传递知识，也许是制成一次性筷子让人大快朵颐……还有数不清的可能性，我们不是树，不可能穷尽也不可能明白树的心思。但我们是人，我们可以为自己确立一个目标，这是做人的本分之一。

魔术师的铁钉

你问我为什么会成功，就这么简单。我用一根生锈的铁钉，把我的梦想刻在这里，每当我没有信心的时候，我就来到这里。

有一位非常有名的魔术师，当记者问起他成功的秘诀时，他带着记者，来到他平日演出的宏大剧场门口。记者以为他会走进富丽堂皇的大门，没想到他领着记者来到了马路对面的一个下水道口。

"你躺在这里，假设自己是在冬天的夜晚，饥寒交迫，试试你能看到些什么？"魔术师很和气地说。

记者屈身躺在地上，他闻到了下水道发出的恶臭，他看到了香喷喷的饭店和华美的商场，还看到无数的人腿在向着剧场走动。另外，有一截突出的窗台就在头顶侧方悬着，如同丑陋的屋檐。他边看边报告着，魔术师说，很好，你看得很全面。只是，在窗台的水泥上，请你看得再仔细一点。你还可以有所发现。

在魔术师的一再提示下，记者看到了窗台的下方，有一行模糊的字迹。他拼命瞪大眼睛，才辨识出那是魔术师的名字。

魔术师说，很多年前，我是一个乡下来的孩子。冬天，我蜷着身子躺在这里。你知道下水道口尽管恶臭，但比较暖和，从来不会结冰。

我看到了满天的星斗，知道明天更冷。我看到了食品和衣物，但我身无分文。我还看到了无数的人到对面的剧场去看演出。我萌生了一个梦想，有一天，我也要到这座辉煌的剧院里去，不是去看演出，而是让别人看我的演出。这样想了之后，我就从地上捡起一根铁钉，用冻僵的手指，把自己的名字刻在了水泥窗台上……你问我为什么会成功，就这么简单。我用一根生锈的铁钉，把我的梦想刻在这里，每当我没有信心的时候，我就来到这里。当我离开的时候，勇气就重新灌满了胸膛。

分手时，记者对魔术师说，能否让我看看您那神奇的铁钉？

魔术师说，可以。说完，他随手从地上捡起一根铁钉，说，喏，就是它了。铁钉并不重要，重要的是亲手刻下你的名字。

变化的哀伤

人生中最重要的变化，一定伴随着大的焦灼和忧虑，甚至可以说，如果没有蚀骨销魂的痛，变化就不够清醒和完整。

变化无穷。从蛹到蝶，从蚕到蛾，从矿石到金属，从少年到成人。从一个地方到另一个地方，从一个行业到另一个行业。从目不识丁到学富五车，从一个人到两个人到三个人以至更多，从卑微到高尚到倾国倾城、青史留名。从乡村到城市，从神州到世界……

变化是一个过程，其间充满危险。小时逮过知了的若虫，就是民间俗称的"马猴"，黑褐板结的外壳，锋利的脚爪，佝偻着，苍老而丑陋。傍晚，我把它扣在盆子里，清晨打开，看到一只晶莹剔透的蝉，绉纱般的羽翼正由鹅绿色飘向咖啡色，一旁抛着它僵硬的"袈裟"。我很想看到蝉从壳中钻出的一刹那，第二日，我克制着困倦，以一个少年最大的忍耐，在半夜三点的时候，猛地打开了陶盆。蝉正艰难地蜕变着，挣扎着，背脊开裂，折叠的翅膀如同尚未发好的豆芽，湿淋淋地蜷曲着。我动了恻隐之心，用手撕开蝉的外壳，帮助它快些娩出……之后我心满意足地睡觉去了。早上，当我以为能看到一名不知疲倦的"流行歌手"时，迎接我的却是枯萎的尸体。

变化是一个过程。哪怕它曾是我们久久的渴望，也携带着深深的哀伤。因为我们旧有的、熟悉的一部分，在变化中无可挽回地丢失了，遗下点点血迹，如同我们亲手截断了自己的一臂。我们只有用剩下的那只温热的手，执着渐渐冷却的手，为它送行。一个稚嫩的、我们不熟悉的新肩膀，正艰难地植入我们的躯体。伤口在出血，磨合很苦涩，但生机勃勃的变化就在这寂静和摩擦中不可扼制地绽放了。

我们在变化中成长。如果你拒绝了变化，你就拒绝了新的美丽和新的机遇。变化使我们成熟，但它首先使我们痛苦。人生中最重要的变化，一定伴随着大的焦灼和忧虑，甚至可以说，如果没有蚀骨销魂的痛，变化就不够清醒和完整。

痛苦是变化装扮的鬼脸——一个无所不在的先锋。

所有的动力都来自内心的沸腾

有梦想就不会寂寞。

    一个人躺在地上，如果他不想起来，那么十个人也拉不起他来，即使起来了，他也马上又会趴下。

    所有的动力都来自内心的沸腾。如果你做不到一件事，无论是搞好关系、寻找爱人还是减肥，都是因为你还没有真正想做。

    这是一个很有意思的心理小游戏。来，纠集起十来个人，然后找一个人来扮演那个躺在地上的人。不用找体重特别重的，那样容易影响咱们这个游戏的真实感。请这位朋友赖在地上，大家用尽全力把他拽起来……

    我见过三十个人都拉不起一个人的。我本来在上文中想写这个数字，但又怕大家觉得太夸张了，就写了十来个人。这是千真万确的。只要你不想起来，没有人能把你拉起来。心理上的问题也是一样的，只要你没想通，只要你不是真的心服口

165

服，那么所有外界的努力都是劳而无功的。

女子当了妈妈，在对待自己的孩子时，要记得这个游戏。他虽然小，但也有自己的独立意志，你要把道理给他讲清楚，而且要让他明白这样做的目的是什么。有人会觉得孩子还小，没必要讲那么多。可是，成长是一个逐渐发生的过程，你不能在一颗幼小的心里，种下强权的种子。以理服人而不是以力服人，这是从小就要养成的习惯。

你举目四望，很容易就能发现：很多人的生理和生物上的需求得到了满足，但他们仍然不满意，奔突不止，躁动不安，缺少一种能使自己变得生机勃勃的动力，欠缺稳定祥和。像这样缺少主动性的生活，无论表面上多么风光，都是不值得羡慕的。

那种使自己变得生机勃勃的动力是什么呢？谁来回答你呢？谁来帮你寻找呢？谁为你一锤定音？没有别人，只有你自己。只有当理想的光芒照耀着我们，而且它和广大人群的福祉相连时，我们才会有真正的安宁和勇气。

你可曾体会到种子的疼痛？那种挣开包裹自己的硬壳，顶出板结的土壤的苦难，对一粒柔弱的芽来说，可是顶天立地的壮举。一个人觉醒时的力量，应该大于一颗种子啊！

有些人把梦想变为现实，有些人把现实变成了梦想。关键是，你的梦想是什么？你为你的梦想做了什么？

有梦想就不会寂寞。当你寂寞的时候，只要招招手，你的梦想就飞到了你身边。剩下的事，就是琢磨怎样把梦想变成行动了。

暴雨筛

天地万物都会齐来帮助一个自信的人。

南方的女友讲过这样一个故事。

她说，我 35 岁的时候，考上了一所夜大。每天下班后，要穿越五条街道去读书。一天傍晚，台风突然来了，暴雨像牛仔的皮带一样宽，翻卷着抽打大地。老师还会不会上课呢？我拿不准。那时，电话还不普及，打探不到确切的消息。考虑了片刻，我穿上雨衣，又撑开一把伞，双重保险，冲出屋门。风雨中，伞立刻被劈开，成了几块碎布。雨衣阴险地背叛了我，鼓胀如帆，拼命要裹挟我去云中。我只好扔了雨衣，连滚带爬。渺无人迹的城市中，我惊惶地想到，是不是只有我一个人这样傻？也许今天根本就不上课。

我迟疑了片刻，但咬紧牙，继续向前。好不容易到了学校，贴身的衣服已像海带一般冷硬，牙齿像上了发条似的打战。没想到看门的老人说，从老师到学生，除了你，没有一个人来！

那一瞬，我非常绝望。不单是极端的辛苦化为泡沫，更有无穷的委屈和沮丧。

老人看我失魂落魄的样子，让我进他的小屋歇口气。喝着他沏的热茶，我心灰意懒。伴着窗外瀑布般的水龙，老人缓缓地说，你以后会有大出息。我说，我是一个大傻瓜啊。

他说，所有学生里，只有你一个人来上学了。看，暴雨是一个筛子。那些胆小的、思前想后的人，都被它筛了下去，留下了最有胆量和最不怕吃苦的人。

那一瞬，好似空中打了一个闪电，我的心被照得雪亮。也许我不是3000名学生当中最聪明的，但今晚的暴雨让我知道了，我是3000名学生中最有胆量和毅力的人。

从那以后，我就多了自信。你晓得，天地万物都会齐来帮助一个自信的人。所以，我就一步步地有了今天的成功。

我说，那位老人，是你人生中最重要的导师之一啊。

机遇是怎样在不知不觉中降临的

———————

先锤炼你的人格和目标吧。当它们光彩照人的时候，机遇就在不知不觉中降临了。

学会不怨天尤人，勇敢地负起自己应该负的责任，这是一种美德，并且会给自己带来意想不到的礼物，那就是——你将一手造就自己的经历，为自己带来好运气。

我一直很相信这样一种说法——当你坚定地承担责任勇往直前时，天地万物好像听到了一个指令，会齐心协力地帮助你、提携你。于是，贵人也出现了，机会也在最不可能滋生的崖缝中，露出了细芽。

我有时自己也想不通，这不是迷信吗？天地万物怎么会听从一个指令呢？它们的耳朵在哪里？它们的听力如何？这个指令是什么人发出来的呢？它用的是何种语言？

想不通啊想不通！但现实中确实有这样的故事，我听到很多人这样说过，在充满了感动的同时，也充满了疑惑。想啊想，我终于理出了一点头绪。

那个帮你忙的指令，其实出自你的内心。一个人，如果他是积极向上、永不妥协的，那么，他的一举一动、一笑一颦，都会发射出这种不屈的信息。这就像香草要发出烘烤般的酥香气息，拦也拦不住，堵也堵不了。所有经过他身边的人，都会看到这种灼热光华，如同走过夜明珠的身旁。

我坚信，很多人在内心里是愿意帮助别人的。特别是这种帮助并不会给自身带来重大损失的时候，很多人都愿意伸出友谊之手。

这种手，有的时候是一个机遇，给谁都是给，为什么不给一个让我们心生好感的人呢？为什么不给一个让人们心怀敬意的人呢？为什么不给一个具备美德的人呢？于是你就得到了它。

有的时候，援手是一条信息。因为你让对方感到愉悦，人在愉悦的时候就会浮想联翩。施助者的潜意识喜欢你，就想——也许这个消息对这个人会有益处呢？于是它把这句话送到了主人的嘴边。很可能连主人都没有意识到这种好感与这条信息之间的关联，但勤快的潜意识就麻利地给办妥了。没想到不经意间，这便成就了你的新生。

更多的时候，援手是一点小钱。这对有钱人算不得什么，但对贫困之中的人来说却是天降甘露。你可能因为有了这一点小钱而获得了转机，迎来了拐点。这对施恩之人来说，很可能只是举手之劳。钱和钱的概念有时有天壤之别，用处也大相径庭，钱是会玩魔术的。

援手有的时候只是鼓励和关爱。虽然鼓励和关爱并不需要太大的付出，但人们只会鼓励那些与自己的人生大目标相投的人，会关爱与自己的爱好、信仰相符的人。

一个人只有在光明磊落的时候，才会不避讳自己的奋斗目标，才会在很多不经意的瞬间展示出美德和惹人怜爱的细节。而这些，恰好具有打动人心的力量，奇迹就慢慢地显现了。

世界上的事，都是因人而异的。对你来说难于上青天的事，对于另外一些人不过是弹指间的小菜一碟。所以，先锤炼你的人格和目标吧。当它们光彩照人的时候，机遇就在不知不觉中降临了。

这没有什么神秘的，只要你像雏鹰，无数次张开翅膀，有一次正好刮过来了风，那是一股上升的气流。如果你蜷曲在巢中，无论刮过怎样的风，对你来说都只是寒冷。

回头是土

回头是土，向前是金。

早年读鲁迅关于写作技巧的传授，有一条叫作——一直写下去，不要回头。

那时年轻，很有些不解。为什么不能回头呢？看看自己的脚印，歪斜了就校正，如果笔直，便一直走下去，有什么不好呢？

存疑。很多年。有一天，忽然就懂了。原来，鲁迅是在传授与不自信作斗争的经验。面向前方，坚定地走下去，任它成功或是失败，不再计较，只是一味地挺进。

这句话说起来容易，做起来难。头在你的颈子上，稍有犹疑，椎骨就会螺旋般地转回，眸子就看到了你熟悉的一切。它们拧成一道拽你后退的绳索，牵着你退缩。

身后，是熟悉的一切，尽管它有令人不悦不满以至于腐朽发臭的地方，但我们曾长久地浸泡其中，已经习惯成自然了。即使是令人痛苦的体验，我们也已经承受并忍耐，熬过了。向前，一切是陌生和昏暗暧昧的，在它若隐若现的浑浊中，隐藏着莫名的危险和恐惧。这种未知带来的不安和焦虑，在强度和广度上，甚于我们已然经受的痛楚。

于是，回头就不是单纯的一个脖子的动作，而是心灵的扭曲和战栗。

写作也是如此。新生的念头是如此脆弱和飘忽，它可以很锐利，但是不沉厚；它可以很空灵，但是不扎实；它可以很幽默，但是不持久；它可以很美妙，但是不坚固……总之，任何一个新生儿有的优点它都具备，但是它也义无反顾地具有一切婴儿所有的弊病。它是朝气蓬勃和易折易断的。否定的锄头，不必太强烈，轻轻一点，都会使它在焦土中窒息。

鲁迅是好心肠的。我猜他早年也是不断回头的，后来吃了苦头，才有这般肺腑之言。到了晚年，他敢回头了。回多少次头也无法击毁他决战的信念。但他已不屑回头，不回头成了习惯。他的矍铄和坚韧，很多即来源于此吧？鲁迅体恤后人，教个诀窍给我们。他不讲这是为什么，只是说，你们若信，就这样做吧。你当真听了他的话，试上几次，定能体会到奥妙和乐趣。

练练看，不回头。你就发现，行进的速度快了许多，心情好了不少。回头是土，向前是金。

要进行高质量的积累

我们学会了更快，却忘了如何等待。

什么事都需要进行积累，爱情和家庭也是一样。

这种积累，说可靠，是可以永远不发生金融危机或倒闭什么的，恒长久远。

要说不可靠，也是风险频发的一件事，它可以比任何积累都更脆弱多变。在生活中，我们经常看到无数可以同甘的伴侣并不能共苦，环境一变，一切都烟消云散。反过来，可以共苦的更不易同甘，海誓山盟不管用，大红婚约也形同废纸。

想想看，积累还这样靠不住，不积累简直就是等着一贫如洗。思来想去，还是要进行高质量的积累，剩下的，就靠老天保佑了。再然后，只能遇乱不惊，兵来将挡，水来土掩。

我们学会了更快，却忘了如何等待。

喜欢"慢"这个词。你看，造字者多么聪明！它是竖心旁，说明"慢"这件事，并不只来自动作，首先源自内心。等待是慢的集中体现。我们等待一株小苗长成大树，可能要一百年；等待一个孩子成为青年，要几十年；等待一种疾病的康复，要几年甚至一生。即使是等待一锅米饭煮熟，也要几十分钟呢！生命其实就是一个等待死亡的过程，在这个过程中，我们尽量演绎出美丽的升华。

保持良好的睡眠。睡眠是最好的医院，病在半夜时分痊愈。

伪劣的彩礼

"报"，是一定会有的。这不是简单地宣扬因果报应，而是描述一个古往今来的规律。

付出一定是有回报的。只是回报的时间地点数量种类，还有放置的情境，不由我们自己来决定。

中国人爱说"善有善报"，可是，有的时候，我在目所能及的地方，却看不到这个结果。人们就开始怀疑这句话的准确度。当然了，相伴而行的还有"恶有恶报"，似乎也常常不灵验。

其实，"报"，是一定会有的。这不是简单地宣扬因果报应，而是描述一个古往今来的规律。

一个作恶的人，一而再、再而三地作恶下去，一定会受到惩罚。这个惩罚，有的时候，是法律给的，因为他被发现了，他就要被人类维持自身安稳的约定俗成所制裁。有的时候，是公众给的。违背公序良俗，即使法律不能奈何，也有民心的考量和舆论的向背。被众人诅咒，逆良知而动，那种潜在的压力和氛围，力量也不可小觑。有的时候，是概率不保佑他了。久在河边走，没有不湿鞋的。干坏事的人，越干越上瘾，越干越胆大，就失了警惕、乱了章法，出岔子的机会就渐渐多起来。就算他百般小心，但天有不测风云，也总有大意时刻，到那时，就会"多行不义必自毙"了。

看过一个《动物世界》的片子，说有一种小昆虫，雄性飞舞着向雌性求爱。这个求爱仪式，类似旧社会中的送聘礼，男方要拎着礼物到女方那边去求亲。小昆虫的礼物是什么呢？是它打包的一袋子食物。它把找来的食物用分泌的丝液缠起来，好像一个包袱。之后，这小虫提着包袱在雌性面前飞出复杂的花样。要是这个雌性看得动心，觉得雄虫的舞蹈技术不错（表示体力和能力都上乘），再看拎的包袱也算厚重，就会答应它的示爱，两好合为一好。交配结束之后，雄虫就把包袱放下，独自飞走。雌虫产下受精卵，然后靠着雄虫留下的那个包袱里的营养，哺育孩子出生和成长。

有偷奸耍滑的雄虫，居然在交配之后，一转身把自己的包袱提走了，到另外一个雌虫那里再献殷勤。表面上看起来，这个雄虫够机灵的，因为它得到了更多交配的机会，自己还能全身而退。可是，实际上它的基因就此灭绝了。因为和它交配过的雌虫，产下的卵得不到食物，就无法活下去，所以，这种狡猾的虫子就此一代，无法遗传下来。

还有一种更狡猾的类型，它们倒不是卑鄙地将食物袋子拎走，而是把袋子慷慨地留下来。但是，当饥肠辘辘的雌虫打开袋子要享用食品时，才发现雄虫是个包装高手——它用丝带打了一个外强中干的包袱。外表诱人，但内里松松散散，内容少得可怜。没办法，雌虫只好用这个假冒伪劣的"奶粉包"喂养自己的后代。可以想象，这种不付出艰苦劳动的懒虫子，后代存活下来的概率也要小很多。这样说起来，真的是报应了。

回报不是没有，只是我们自己没有看到，或是还没有等到。

不使诈的生意经

诚信越少的时候，一个坚守诚信的人，就会获得越多的机会……

现代社会中，对人性的坚守，已经变成了一种稀缺的品质。但唯有稀缺，才说明保有这种优良品德的人，有社会的良知。

早年间，我认识一位老板，他做生意从来不耍心眼。我这样一个对商战一窍不通的人，都害怕他做不长久。人都说商场如战场，兵不厌诈。这个人根本就不会用诈，早晚要丢盔卸甲。和他有过一席长谈后，我发觉他是一个非常聪明的人。如果想使诈，他绝对是一把好手。

我问他，你不愿用诈，是不是怕受到良心的谴责？

他说，我不是从良心的角度来考虑这个问题，而是纯粹从商人的角度来考虑这个问题的。我不用诈。

我说，这个游戏圈里，大多数人都会用诈，你不用，不就是自取灭亡吗？

他说，此言差矣。我问你，你是愿意跟一个不骗人的人打交道，还是愿意跟一个骗人的人打交道呢？

我大喊起来，说，这还用问吗？我当然愿意跟不骗人的人打交道了。我相信所有的人都是这样想的。

老板说，你说得很对。这就是我的商业准则。既然所有的人都愿意和不骗人的人打交道，我就要做一个这样的人。这样，所有的人都来跟我打交道，我的生意不就越做越好了吗？

我惊讶，说，就这么简单吗？老板说，就这么简单。

我说，可这么简单的道理，为什么别的人就做不到或者不去做呢？

老板说，我不知道。我知道的是，像我这样的人很少。越是少，人们就越是觉得稀奇，就越发愿意传播我的口碑。我的生意就越做越大了。

是啊，诚信越少的时候，一个坚守诚信的人，就会获得越多的机会，这不言而喻。

活出生命的意义

意义都到哪里去了

———————
萨特说过，人是一种徒劳无益的热情。

    古代人常常专注于最基本的生存需求。日常生活天然地具备了提供精彩意义的能力。人们的生活是如此贴近土地，每个人都毫不怀疑自己是大自然的一部分。他们耕地，播种，收成，烹调，生养小孩，然后生病和死亡，最后回归泥土。他们很自然地展望未来，觉得未来是如此清晰，那就是——吃饱饭，子子孙孙地繁衍，实现一轮又一轮的更迭，如同每日每年所看到的大自然的循环。他们对日月星辰、山川河流这类庞然大物，有强烈的归属感，他们深深明白自己是家庭和族群不可或缺的一部分，对以上这种基本存在，从来不曾有过问号。

    是啊，有谁能对一个埋头苦干的农夫字斟句酌地问，你这样辛苦是为了什么呢？他一定头也不抬地继续干活，对他来说，家里的妻儿老小和他自己的口粮，就在这劳作中生发着，这难道还用得着问吗?

可是,今天,这些意义消失了。都市化、工业化,让生活中少了与大自然血肉相依的关联。我们看不到星空,我们每个人几乎都脱离了世界的基本生命链。你焊接电脑上的一块线路板,你在股票市场卖出买进,可这和意义有什么关联呢?

我们有太多的时间提出更多的问题,我们必须面对自由的无情拷问,可是我们失去了参照物。

工作不再能提供意义,一点创造力都没有。生养小孩也没有了意义。世界人口爆炸,也许不生养更有意义。

生命的意义是非常重要的心理架构,与每一个人都有非常重要的关系。伟大的心理学家荣格说,他的病人大约有三分之一并不是罹患了任何临床可以定义的疾病,而只是因为生命没有意义、没有目标。

这个问题到了心理学家弗兰克尔那里,有了升级版。他说,最少有百分之五十的来访者有这种问题——觉得生命没有意义。

萨特说过,人是一种徒劳无益的热情。我们的诞生毫无意义,死亡也没有意义。但萨特这样说完了之后,在他自己的小说中,又明确肯定了对意义的追求,包括在世界上寻找一个家、同志之谊、行动、自由、反对压迫、服务他人、启蒙、自我实现和参与。

在现在的情况下，为生命找到意义，就成了非常紧迫的任务。每个人要有一个自我的意义系统，包括一系列行为准则：勇敢、高傲的反抗、友好的团结、爱、尘世的圣洁，等等。

你为什么而活着

人生是没有意义的，你要为之确立一个意义。

我有过若干次演讲的经历，在北大和清华，在军营和监狱，在农村干坯搭建的课堂和美国最奢华的私立学校……面对从医学博士到纽约贫民窟的孩子等各色人群，我都会很直率地说出对问题的想法。在我的记忆中，有一次的经历非常难忘。

那是一所很有名望的大学，约过我好几次了，说学生们期待和我进行讨论。我一直推辞，我从骨子里不喜欢演讲。每逢答应一桩这样的公差，就要莫名地紧张好几天。但学校方面很执着，在第 N 次邀请的时候说：该校的学生思想之活跃甚至超过了北大，会对演讲者提出极为尖锐的问题，常常让人下不了台，有时演讲者简直是灰溜溜地离开学校。

听他们这样一讲，我的好奇心就被激起来了。我说，我愿意接受挑战。于是，我们就商定了一个日子。

那天，大学的礼堂挤得满满的，当我穿过密密麻麻的人群走向讲台的时候，心里涌起一种怪异的感觉，不知道今天将有怎样的场面出现。果然，我一开始讲话，就不断地有条子递上来，不一会儿，就在手边积成了厚厚一堆，好像深秋时节被清洁工扫起的落叶。我一边讲，一边充满了猜测，不知道树叶中是否潜伏着赞扬的思想炸弹。当演讲告一段落，进入回答问题的阶段，我迫不及待地打开了堆积如山的纸条，一张张阅读。那一瞬，台下变得死寂，偌大的礼堂仿佛空无一人。

我看完了纸条说，有一些表扬我的话，我就不念了。除此之外，纸条上提得最多的问题是——"人生有什么意义？请你务必说真话，因为我们已经听过太多言不由衷的假话了。"

我念完这个纸条以后，台下响起了掌声。我说，你们今天提出这个问题很好，我会讲真话。我在西藏阿里的雪山之上，面对着浩瀚的苍穹和壁立的冰川，如同一个茹毛饮血的原始人，反复地思索过这个问题。我相信，一个人在他年轻的时候，会无数次地叩问自己——我的一生，到底要追索怎样的意义？

我想了无数个晚上和白天，终于得到了一个答案。今天，在这里，我将非常负责地对大家说，我思索的结果是：人生是没有任何意义的！

这句话说完，全场出现了短暂的寂静，如同旷野。但是，紧接着就响起了暴风雨般的掌声。

那是我在演讲中获得的最激烈的掌声。在以前，我从来不相信有什么"暴风雨"般的掌声这种话，觉得那只是一个拙劣的比喻。但这一次，我相信了。我赶快用手做了一个"暂停"的手势，但掌声还是绵延了很长时间。

　　我说，大家先不要忙着给我鼓掌，我的话还没有说完。我说人生是没有意义的，这不错，但是——我们每一个人要为自己确立一个意义！

　　是的，关于人生的意义的讨论，充斥在我们的周围。很多说法，由于熟悉和重复，已让我们从熟视无睹滑到了厌烦。可是，这不是问题的真谛。真谛是，别人强加给你的意义，无论它多么正确，如果它不曾进入你的心理结构，它就永远是身外之物。比如我们从小就被家长灌输过人生意义的答案。在此后漫长的岁月里，谆谆告诫的老师和各种类型的教育也都不断地向我们批发人生意义的补充版。但是，有多少人把这种外在的框架，当成了自己内在的标杆，并为之下定了奋斗终生的决心？

　　那一天结束演讲之后，我听到有同学说，他觉得最大的收获是听到有一个活生生的中年人亲口说，人生是没有意义的，你要为之确立一个意义。

　　其实，不单是中国的青年人在目标这个问题上飘忽不定，在美国的著名学府哈佛大学，也有很多人无法在青年时代就确立自己的目标。我看到一则材料，说某年哈佛大学的毕业生临出校门的时候，校方对他们进行了一次有关人生目标的调查，结果是：27%的人完全没有目标；60%的人目标模糊；10%的人有近期目标；只有3%的人有着清晰而长远的目标。

25年过去了，那3%的人坚持不懈地朝着一个目标努力，成了社会的精英；而其余的人，成就要相差很多。

我之所以提到这个例子，是想说明在人生目标的确立上，无论是中国还是外国的青年，都遭遇过相当程度的迷茫或是混沌状态。有人会说，是啊，那又怎么样？我可以一边慢慢成长，一边寻找自己的人生意义啊。我平日也碰到很多青年朋友，向我诉说他们的种种烦恼。我在耐心地听完那些折磨他们的烦心事之后，把他们乞求帮助的目光撇在一旁，我会问，你的人生目标是什么呢？

他们通常会很吃惊，好像怀疑我是否听懂了他们的愁苦，甚至恼怒我为什么对具体的问题视而不见，而追问他们如此不着边际的空话。更有甚者，以为我根本就没有心思听他们说话，自己胡乱找了个话题来搪塞。

我会迎着他们疑虑的目光，说，请回答我的这个问题，你为什么而活着呢？

年轻人一般会很懊恼地说，这个问题太大了，和我现在遇到的事没有一点关联。我会说，你错了。世上的万事万物都有关联。有人常常以为心理上的事只和单一的外界刺激有关，就事论事，其实心理和人生的大目标有着纲举目张的紧密联系。很多心理问题，实际上都是人生的大目标出现了混乱和偏移。

举个例子。一个小伙子找到我，说他为自己说话很快而苦恼。他交了一个女朋友，两人感情很好，但女孩子不喜欢他说话太快。一听他口若悬河、滔滔不绝地说个没完，女孩子就说自己快变成大头娃娃了。还说如果他不改掉这毛病，就不能把他引荐给自己的妈妈，因为老人家最烦的就是说话爱吐唾沫星子的人。

您说我怎么才能改掉说话太快的毛病？他殷切地看着我，让我都觉得如果不帮他这个忙，简直就成了毁掉他一生爱情和事业的凶手。

我说，你为什么要讲话那么快呢？

他说，如果慢了，我怕人家没有耐心听完我的话。您知道，现在的社会节奏那么快，你讲慢了，人家就跑了。

我说，如果按照你的这个观点发挥下去，社会节奏越来越快，你岂不是就得说绕口令了？你的准丈母娘就不是这样的人啊，她就喜欢说话速度慢一点并注意礼仪的人啊。

他说，好吧，就算您说的这两种人都可以并存，但我还是觉得说话快一些比较占便宜，可以在单位时间内传递更多的信息。

我说，那你的关键在于期待别人能准确地接收你的信息。你以为只有快速发射信息才是唯一的途径。你对自己的观点并不自信。

他说，正是这样。我生怕别人不听我的，我就快快地说，多多地说。

当他这样说完之后，连自己也笑起来。我说，其实别人能否接受我们的观点，语速并不是最重要的。而且，你能告诉我，你为什么这样在意别人是否能接受你的观点吗？

这个说话很快的男孩突然语塞起来，忸怩着说，我把理想告诉您，您可不要笑话我。

我连连保证绝不泄密。他说，我的理想是当一个政治家。所有的政治家都很雄辩，您说对吧？

我说，那咱们就接触到了问题的实质。要当一个政治家，第一要自信。他们的雄辩不是来自速度，而是来自信念。一个自信的人，不论说话是快还是慢，他们对自我信念的坚守流露出来就会感染他人。我知道你有如此远大的理想，这很好。你要做的事，不是把话越说越快，而是积攒自己的力量，让自己的信念更加坚定。

那一天的谈话就到此为止。后来，这个男生告诉我，他讲话的速度从此就慢了下来，也被批准见到了自己的准丈母娘，据说很受欢迎。

这边刚刚解决了一个说话快的问题，紧接着又来了一位女硕士，说自己的心理问题是讲话太慢，周围的人都认为她有很深的城府，不敢和她交朋友，以为在她那些缓慢吐出的话语背后，隐藏着怎样的阴谋。

我试了很多种方法，却无法让自己说话快起来，烦死了。她慢吞吞地对我这样说，语速的确有一种令人压抑的迟缓，好像在话的背后还隐藏着另一句话。

我看着她急迫的神情，知道她非常焦虑。

我说，你讲的每一句话是否都要经过慎重的考虑？

她说，是啊。如果不考虑，讲错了话，谁负得了这个责？

我说，你为什么特别怕讲错话？

女硕士说，因为我输不起。我家庭背景不好，家里有人犯了罪，周围的人都看不起我们。家里很穷，我从小靠亲戚的施舍才能坚持学业。我生怕一句话说差了，人家不高兴，就不给我学费了。所以，连问一句"你吃了吗？"这样中国最普通的话，我也要三思而行。我怕人家说，你连自己的饭都吃不饱，也配来问别人吃饭的问题。

听到这里，我说我明白了。你觉得自己的每一句话都可能引致他人的误解，给自己造成不良影响。

女硕士连连说，对对，就是这样的。

我笑了，说，你这一句话说得并不慢啊。

她说，那是我相信您不会误会我。

我说，这就对了。你说话速度慢，不是一个技术性的问题，是因为你不能相信别人。你是否准备一辈子都不相信任何人？如果是这样的话，我断定你的讲话速度是不会改变的。如果你从此相信他人，讲话的速度自然会比较适宜，既不会太慢，也不会太快，而是能收放自如。

那个女生后来果然有了很大的改变，她的人际关系也有了改善。

今天我们从一个很大的目标谈起，结果要在一个很小的地方结束。我想说，一个人的心理是一座斗拱飞檐的宫殿，这座宫殿的基础就是我们对自己人生目标的规划和对世界、对他人的基本看法。一些看起来是技术和表面的问题，其实内里都和我们的基本人生观有着千丝万缕的联系。解决心理问题切不可头痛医头、脚痛医脚，那样如同创可贴，只能暂时封住小伤口，却无法从根本上让我们的精神强健起来。

蚕是被自己的丝裹住的

有很多人终身困于他们自己的茧中。这是他们自己的选择，当生命结束的时候，他们也许会恍然大悟：世界只是一个茧，而自己未曾真正地生活过。

蚕是被自己的丝裹住的，这是一个真理。每一个养过蚕的人和没有养过蚕的人，都知道这件事。蚕丝是一寸一寸吐出来的，在吐的时候，蚕昂着头，很快乐专注的样子。蚕并没有意识到，正是自己的努力劳动才将自己的身体束缚得紧紧的。直到被人一股脑儿丢进开水锅里煮死，然后那些美丽的丝成了没有生命的嫁衣。

这是蚕的悲剧。当我们说到悲剧的时候，不由自主地持了一种观望的态度。也许，是"剧"这个词将我们引入歧途，以为他人是演员，而我们只是包厢里遥远的、安全的看客。其实，作茧自缚的情况绝不如想象中那样罕见，而是广泛地存在于我们周围，空气中到处都飘荡着纷飞的乱丝。

钱的丝飞舞着。很多人在选择以钱为生命的目标时，看到的是钱所带来的便利和荣耀。钱是单纯的，但攫取钱的手段不是那样单纯。把一样物品作为自己奋斗的目标，它的危险不在于这物品本身，而在于你怎样获取它并消费它。或许可以说，收入的能力还比较容易掌握，支出的能力则和人的综合素质有极大的关系，在这个意义上讲，有些人是不配享有大量金钱的。如同一个头脑不健全的人，如果碰巧有了很大的蛮力，那么无论是对于本人还是对于他人都不是一件幸事。在一个社会财富和个人财富飞速增长的时代，钱是温柔绚丽的，也是漂浮迷茫的，钱的乱丝令没有能力驾驭它的人窒息，直至被它绞杀。

　　爱的丝也如四月的柳絮一般飞舞着，迷乱我们的眼，雪一般覆盖着视线。这句话严格说起来是有语病的。真正的爱不是诱惑，而是温暖，只会使我们更勇敢和智慧，但的确有很多人被爱包围着，时发狂躁。那就是爱得没有节制了。没有节制的爱如同没有节制的水和火，甚至包括氧气，同是灾难性的。

　　水火无情，大家都是知道的。但是谈到氧气，那是一种多么好的东西啊。围棋高手下棋的时候，吸氧之后，妙招迭出，让人疑心气袋之中是否藏有古今棋谱。记得我学习医科的时候，教授讲过这样一个故事。一名新护士值班，看到衰竭的病人呼吸十分困难，用目光无声地哀求她——请把氧气瓶的流量开得大些。

出于对病人的悲悯，加上新护士特有的胆大，当然，还有时值夜半，医生已然休息的原因，几种情形叠加在一起，于是她想，对病人有好处的事想来医生也该同意的，她就在不曾请示医生的情况下，私自把氧气流量表拧大。气体通过湿化瓶汩汩地流出，病人顿感舒服，眼中满是感激，护士就放心地离开了。那夜，不巧来了其他的急重病人，当护士忙完之后，将着一头的汗水再一次巡视病房时，发现那位衰竭的病人已然死亡。究其原因，关键的杀手竟是氧气。高浓度的氧气抑制了病人的呼吸中枢，让他在安然的享受中丧失了自主呼吸的能力，悄无声息地逝去了……很可怕，是不是？丧失节制，就是如此恐怖，它令优美变成狰狞，使怜爱演化为杀机。

谈到爱的缠裹带给我们的灾难，更是俯拾即是，放眼观察，会发现很多。多少人为爱所累，沉迷其中，深受其苦。在所有的丝里面，我以为爱的丝可能是最无形而又最柔韧的一种，挣脱它也需要极高的能力和技巧。这当中的奥秘，需要每一个人细细揣摩。

还有工作的丝、友情的丝、陋习的丝、嗜好的丝……或松或紧地围绕着我们，令我们在习惯的窠臼当中难以自拔。

每逢这种时候，我们常常表现得很无奈、很无助，甚至还有一点点敝帚自珍的狡辩。常常可以听到有人说："我也知道自己的毛病，也不是不想改，可就是改不掉。我就是这样一个人了……"当他说完这些话的时候，就好像对自己和对众人都有了一个交代，然后脸上显出坦然无辜的样子，仿佛合上了牛皮纸封面的卷宗。

每当这种时候，我在悲哀的同时也升起怒火。你明知你的茧是你自己吐的丝结成的，你挣扎在茧中，想突围而出。你遇到了困难，这是一种必然，但你为自己找了种种借口，你为你的丝退却了。你一面吃力地咬断包围你的丝，一面更汹涌地吐出你的丝，你是一个作茧自缚的高手，你比推石头的西西弗斯还惨。他的石头只是滚下又滚下，起码没有变得更大、更沉重，你的丝却在这种突围和自缚的交替中汲取了你的气力，蚕食了你的信心，它令你变得越来越不喜爱自己，退缩着在茧中藏得更深。

我们每个人都有一些茧，这些茧附着在我们的身上，吸取着我们的热量，让我们寒冷，令我们前进的速度受限。撕碎这茧，没有外力可供支援，只有靠自己的心和爪。

茧破裂的时候，是令我们痛苦的。茧是我们亲手营造的小世界。茧壳内的空间虽是狭窄的，但也是相对安全的，甚至一些不良的嗜好，当我们沉浸其中的时候，感受到的也是习惯成自然的熟络。打破了茧的蚕，被寒冷的空气、闪亮的阳光、新锐的声音、陌生的场景……刺激着、扰动着，挑战接踵而来。这种时刻的不安极易诱发退缩，但这是正常和难以避免的，是有益和富于建设性的。你会在这种变化中感受到生命爆发的张力，你知道你活着、痛着并且成长着。

有很多人终身困于他们自己的茧中。这是他们自己的选择，当生命结束的时候，他们也许会恍然大悟：世界只是一个茧，而自己未曾真正地生活过。

我注视我自己的头颅

文字是不会生锈、不会腐烂的，它们比有生命的物体更有生命。

有一次生病，医生让我照一张头颅的 CT 片子。于是我得到了一张清晰准确的自己头骨的照片。

我注视着它，它也从幽深而细腻的灰黑色胶片颗粒中注视着我，很严峻的样子。

头颅有令我陌生的轮廓。卸去了头发，撕脱了肌肤，剔除了所有的柔软之物，颅骨干净得像刚从海中捞出来的贝壳。

突然感觉很熟识，仿佛见过似的……不久以前……我记起了博物馆，那里有新出土的类人猿头骨化石。

夹进了几十万年进化的"果子酱"，颅骨还是像两块饼干似的相似。

造化可真是一位慢性子。

假如我的头骨片落到一位人类学家手里，他便可以十分精确地分析出我的性别、年龄、体重、身高……它携带着我的密码信息，脱离我而孤零零地存在着。医生读着它，却得出我是否健康的结论，它似乎比我还重要。

我细细端详它，仿佛在鉴赏一件工艺品。实在说，这个物件是很精致的。斗拱飞檐，玲珑剔透，为人体骨骼中最精彩的片段。不知多少稻麦菽粟的精华，才将它一层层堆砌而起；不知多少飞禽走兽的真髓，才将它润泽得玉石般光滑。阳光中的紫色，馈赠它岩石般的坚硬；和煦的春风，打磨它流畅的曲线。我感叹大自然的精雕细刻，用山川日月、金木水火、天上地下、风云雨雪的物质魂灵，挑选着，拼凑着，混合着，搅拌着，一轮又一轮地循环……终于在许多偶然与必然的齿轮磨合中，缝缀镶嵌起了无数颗头颅，其中一颗属于了我。

假如我最终不是化为一股热烟，这头颅该是最难融入泥土的部分。它会睁着空空洞洞的眼眶，凝视着一碧如洗的长天；它会耸动着并不存在的鼻翼，吮吸依然存在的花香；它会让风从贯穿的耳道中，像特快列车那样呼啸而过；它会半张着惊愕的颌骨，依旧对这个星球上发生的许许多多的事情表示讶异……

我不由得伸手弹弹自己乱发覆盖下的头骨，它发出粗陶罐般的响声。这是一个半空的容器，盛着水、细胞和像流星一样游走的念头。念头带着阴电和阳电，焊接时就散发出五颜六色的蛛丝，缠绕在一起，像电线似的发布命令，驱使我做出各式各样的举动。正是这些蝌蚪一样活泼的念头，才使我写下了以上的文字。

罐子里的水会酸腐，那些细胞会萎缩，但文字是不会生锈、不会腐烂的，它们比有生命的物体更有生命。它们把念头凝固下来，像把混浊的豆浆压榨为平滑的固体。人人都公有的文字，经过特定的组合，就属于了我。组合的顺序就是一种思索。

我望着我的头颅，因为它是思索的宫殿，我不得不尊重它。它却不望着我，透过我，它凝望着遥远的人所不知的地方。它比我久远，它以它的久远傲视我今天的存在。但我比它活跃，活跃是生命存在最显著的标志之一。

但和文字比起来，无论现在的活跃或者将来的久远，都黯然失色。

骨骼算什么呢？甲骨文正是因为有了文才神圣起来，否则不过是一块烤焦的兽骨！

文字是先人们留给我们的符咒，使我们得以知道一只只水罐曾经储存过怎样的五彩念头。罐子碎了，水流空了，但一代又一代最优秀的念头组合却像通电的钨丝一样，在智慧的夜空勾勒着永不熄灭的痕迹。

我注视着我的头颅，递给它一个轻轻的微笑：我们都有完全不复存在的那一天。那时候，证明你我曾经存在过的证据，到哪里去寻找？

制造念头吧！那些美丽的、像鸟一样在空中飞翔的念头，假如它们真的充满睿智，假如它们真能穿越时代的雾海，它们的羽毛就会被喜爱它们的人所保存。

那个发明 CT 的人真聪明，它使活着的人看到一个骷髅，想到许多以后的事情。

拍卖你的生涯

如果期待改变我们的命运，请首先改变心的轨迹。

朋友参加过一堂很别致的讲座，叫作"拍卖你的生涯"。

外籍老师发给每人一张纸，其上打印着数十行字。

1. 豪宅

2. 巨富

3. 一张取之不尽、用之不竭的信用卡

4. 美貌贤惠的妻子或英俊博学的丈夫

5. 一门精湛的技艺

6. 一座小岛

7. 一座宏大的图书馆

8. 和你的情人浪迹天涯

9. 一个勤劳忠诚的仆人

10. 三五个知心朋友

11. 一份价值50万美元并可每年获得25%纯利润的股票

12. 名垂青史

13. 一张免费环游世界的机票

14. 和家人共度周末

15. 直言不讳的勇敢和百折不挠的真诚

......

大家先是愣愣地看着这些项目，之后交头接耳地笑，感觉甚好，全世界的美事和优良品质差不多都集中于此了。

老师拿起一把小槌子，轻敲讲台，蜂房般的教室寂静下来。老师说："我手里是一把旧槌子，但今天它有某种权威——暂时充当拍卖槌。我要拍卖的东西，就是在座诸位的生涯。"

课堂顿起混乱。生涯？一个叫人生出沧桑和迷茫的词语。我们大致明白什么是生存，什么是生活，但很不清楚什么是生涯。

我们只是一天天随波逐流地过着，也许70岁的时候才恍然大悟，生涯已在朦胧中渐近尾声了。

老师说："你的生涯，就是你人生的追求和事业。它可以掌握在你自己手中。性格就是命运。生涯从属于你的价值观。通常当人们谈到生涯的时候，总觉得有太多的不可把握性埋藏在未知中。其实它并非想象中那般神秘莫测。今天，我想通过这个游戏，让大家比较清晰地看到自己的爱好，预测自己的生涯。"

大家听明白了，好奇地跃跃欲试。

我相信在每一个成人的内心深处，都潜伏着一个爱做游戏的天真孩童，只不过随着时光的流逝，蒙上了世故的尘土。

成年以后的我们，远离游戏，以为那是幼稚可笑的玩闹。其实好的游戏，具有启蒙人的智慧、通达人的思维、启迪人的感悟、让人反省的力量。当我们做游戏的时候，就更接近了真我。

老师说："我现在象征性地发给每人1000元钱，代表你们一生的时间和精力。我会把这张纸上所列的诸项境况裁成片，一一举起，这就等于开始了拍卖。你们可以用自己手中的积蓄购买这些可能性。100元钱起叫，欢迎竞价。当我连喊三次，无人再出高价的时候，锤子就会落下，这项生涯就属于你了。注意，我说的是可能性，并非真正的事实。它的意思就是你用999元竞得了豪宅，但并不等于你真的拥有了仙境般的别墅，只是说你将穷尽一生的精力来为自己争取。相信只要你竭尽全力，把目标当成整个生涯的支撑点，实现的可能性甚大。"

教室里的气氛，在骚动之后变得有些沉重。这游戏的分量举轻若重，它把我们人生的繁杂目的约分并形象化了——拼此一生，你到底要什么？

老师举起了第一项拍卖品——拥有一座小岛。起价100元。

全场寂静。一座小岛？它在哪里？南半球还是北半球？大西洋还是太平洋？面积多少？人口多少？有无石油和珊瑚礁？风光怎样？

疑声四起，大家迫切希望老师提供更详尽的资料，关于那座小岛，关于风土人情。老师一脸肃然，坚定地举着那张纸片，拒绝做更进一步的解说。

于是，我们明白了。小岛，就是小小的、普普通通的一座无名岛。你愿不愿以一生作赌，去赢得这块海洋中的绿地？

终于，一个平日最爱探险、充满生命活力的女生大声地喊出了第一个竞价——我出200！

一个男生几乎是下意识地报出：500！他的心思在那一刻很简单——买下荒凉岛屿这样的事就该是男子汉干的。

但那名个子不高、意志顽强的女生志在必得，她涨红着脸，一下子喊出了……1000！

这是天价了。每个人只有1000元钱的贮备，也就是说，她已下定以毕生的精力赢得这座小岛的决心，别的人只有望洋兴叹了。

那个男生有些悻悻地说："竞价应该一点点攀升，比如她要出600，我喊700……这样也可以给别人一个机会。"

老师淡然一笑说："我们只是象征性地拍卖，所以可能不合规矩。大家要记住，生涯也如战场，假如你已经坚定地确认了自己的目标，就要紧紧锁定它。机遇仿佛闪电。"

大家明白了竞争的激烈，肃静中有了潜藏的紧迫感和若隐若现的敌意。

拍卖的第二项是美貌贤惠的妻子或英俊博学的丈夫。

我原以为此项会导致激烈的竞拍，没想到一时门可罗雀，也许因为它太传统和古板。大伙儿被其他更刺激的生涯吸引，不愿在刚开场不久就把自己的一生交付伴侣的怀抱。好在和美的家庭终究对人有不衰的吸引力，在竞争不激烈的情形下，被一位性情温和的男子以700元买去。

我把指关节攥得紧紧的，如果真有一沓钞票，大概会滴下浑浊的水来。到底要用这唯一的机会买回怎样的生涯？扒拉一下诸样选择，自己属意的栏目有限，和同志们所见略同也说不准。定谋贵决，一旦确立了自己的真爱，便要直捣黄龙，万不可游移吝惜。

要知道，拍的过程水涨船高、步步为营。倘稍一迟缓，被他人横刀夺爱，就悔之莫及了。

拍到"取之不尽、用之不竭的信用卡"时，出现了空前激烈的争抢。聪明人已发现，所列的诸项有某些外延是交叉的，可以互相替代。有同学小声嘀咕，有了信用卡，巨富不巨富的也不吃紧了，想干什么，还不如同探囊取物？于是信用卡成了最具弹性和热度的香饽饽，一时群情激昂，最后被一奋勇女将自重围中掳走。

其后的诸项拍卖，险象环生。有些简直可以说是个人价值取向甚至秘密的大曝光。一位众人眼中极腼腆内向的男同学，取走了免费环游世界的机票，让人刮目相看。一位正处在离婚风波中的女子选择了和情人浪迹天涯，于是有人暗中揣测，她是否已有了意中人？一位手脚麻利、助人为乐的同学，居然选了勤快忠诚的仆人，让全体大跌眼镜。细一琢磨，可能他总当一个勤快人已经厌烦，但又无力摆脱这约定俗成的形象，出于补偿的心理，干脆倾其所有买下对另一个人的指挥权吧。一旦咀嚼出这选择背后的意味，旁观者就有些许心酸。

一位爱喝酒的同人一锤定音买下了"三五个知心朋友"，让我在想象中立即狠狠掴了自己一掌。从前，我劝过他不要喝那么多的酒，他笑说："我喜欢和朋友在一起。"我不死心，便再劝，他却一直不改。此番看了他的选择，我方晓得朋友在他的心中如此重要。我决定，该闭嘴时就闭嘴吧。

光顾看别人的收成，差点耽误了自己地里的活计。同桌悄悄问："你到底打算买何种生涯？"

我说："没拿定主意啊。我想要那座图书馆。"同桌说："傻了不是？我看你不妨要那份价值50万美元且年年递增25%

的股票，要知道这可是一只会下金蛋的火鸡。只要有了钱，什么图书馆置办不出来呢？你要把图书馆换成别的资产就很困难了。如今信息时代，资料都储存在光盘里，整个大英博物馆也不过是若干张碟的事。图书馆是落后的工业时代的遗物了……"

他话还没说完，老师举起了新的一张卡片。他见利忘友，立刻抛开我，大喊了一声："嘿，这个我要定了。1000！"

我定睛一看，他倾囊而出购买回来的是一门精湛的技艺。

我窃笑道："你这才是游牧时代的遗物呢，整个一小农经济。"他很认真地说："我总记着老爸的话，家有千金，不如一技在身。"

我暗笑，哈，人啊，真是环境的产物。

好了，不管他人瓦上霜了，还是扫自己门前雪吧。同桌的话也不无道理。有了足够的钱，当然可以买下图书馆或是任何光碟。但在有这些钱之前，你就只能干瞪眼。钱在前，还是图书馆在前，两者便有了原则上的不同。我愿自己在两鬓油黑、耳聪目明之时，就拥有一座窗明几净、汗牛充栋、庭院深深、斗拱飞檐的图书馆。再说，光碟和图书馆哪能同日而语？我不仅想看到那些古往今来的智慧头脑留下的珍珠，还喜欢那种静谧幽深的空间和气氛，让弥漫在阳光中的纸张味道鼓胀自己的肺……这些，用钱买来的新书和光碟仿得出来吗？

正这样想着，老师举起了"图书馆"，我也学同桌，破釜沉舟地大喊了一声："1000！"

于是，宏大的图书馆就落到了我的手中。那一刻，虽明知是个模拟的游戏，心中还是扩散起喜悦的涟漪。

拍卖一项项进行下去，场上气氛热烈。我没有参加过实战，不知真正的拍卖是怎样的程序，但这个游戏对大家心灵的深层触动是不言而喻的。

当老师说"游戏到此结束"时，教室一下静得不可思议，好像刚才闹哄哄的一干人都吞炭为哑或羽化成仙去了。

老师接着说："有人也许会在游戏之后，思索和检视自己，产生惊讶的发现和意外的收获。有一个现象，不知大家发现没有，有三项生涯，当我开价100元之后没有人应拍，也就是说不曾成交。这种卖不出去的物品，按规矩是要拍卖行收回的。但我决定还是把它们留下。也许你们想想之后，还会把它们当作自己的生涯目标。"

这三项是：

1. 名垂青史

2. 和家人共度周末

3. 直言不讳的勇敢和百折不挠的真诚

同学们大眼瞪小眼，刚才都只专注于购买各自的生涯，不曾注意被冷落的项目，听老师这样一说就都默然了。

我一一揣摩，在心中回答老师。

和家人共度周末。

老师别恼。不曾购买它作为自己的生涯，原因可能是多方面的。有的人以为这是很平淡的事，不必把它定作目标。凡夫俗子们估摸着，自己即使不打算和家人共度周末也没有什么地方可去。一件被迫的、几乎命中注定的事，何必要选择？还有的人是一些不愿归巢的鸟，从心眼里不打算和家人共度周末。他们认为，现今只有没本事的人才和家人共度周末，有本事的人是专要和外人度周末的。

青史留名？

可叹现代人（当然也包括我）对史的概念已如此脆弱。仿佛站在一个修鞋摊子旁边，只在乎立等可取，只在乎急功近利。

很多人连清洁的水源和绵延的绿色都不愿给子孙留下，拥挤的大脑中如何还存得下一块森严的石壁，以反射青史遥远的回声？

勇敢和真诚？

它固然曾经是人类骄傲的源泉，但有时，怯懦和虚伪却更容易斩获那被很多人追捧的所谓成功。预定了终生的勇敢和真诚，就把一把利刃悬在了颅顶，需要怎样的坚忍和稳定？我们表面的不屑是因为骨子里的不敢。我们没有承诺勇敢的勇气，我们没有面对真诚的真诚。

游戏结束了，不曾结束的是思考。

在弥漫着世俗气息的"我"之外，以一个"孩子"的视角重新剖析自己的价值观和生存质量，内心就有了激烈的碰撞和痛苦的反思。

在节奏纷繁的现代社会，我们一天忙得视丹成绿，很难得有这种省察自我的机会，这一瞬让我们返璞归真。

人生的重大决定，是由心规划的，像一道预先计算好的轨道，等待着你的星座运行。如果期待改变我们的命运，请首先改变心的轨迹。

你站在金字塔的第几层

一个人就像一粒种子，天生就有发芽的欲望。

美国心理学家马斯洛有一段名言："如果你有意地避重就轻，去做比你尽力所能做到的更小的事情，那么我警告你，在你今后的日子里，你将是很不幸的。因为你总是要逃避那些和你的能力相联系的各种机会和可能性。"每逢读到这段话，我总是心怀战栗的感动。

一个人就像一粒种子，天生就有发芽的欲望。只要是一颗健康的种子，哪怕在地下埋藏千年，哪怕到太空遨游过一圈，哪怕被冰雪封盖，哪怕经过了鸟禽消化液的浸泡，哪怕被风刀霜剑连续宰杀，只要那宝贵的胚芽还在，一到时机成熟，它就会在阳光下探出头来，绽开勃勃的生机。

现代心理学有很多精彩的论证，这些论证不能像实证的物理化学一样，可以拿出若干铁一般的证据。心理学的很多假说，建立在对人的行为的推断和研究之上，被千千万万的人所证实。

马斯洛先生所创建的人的基本需求的"金字塔"理论，就是这样一个伟大的学说。他研究了很多人的行为和动机，特别是那些自我实现程度很高的人，之后得出了一个结论。简言之，就是在我们人类的精神内核中，存在着一个内在需求的金字塔，分成了五个台阶。

在第一个台阶上，是我们的温饱需求——最基本的生存之道。饥肠辘辘，你今晚吃什么饭？这是人的第一考虑。寒冬腊月的，你今夜睡在哪里？是火车站的长凳还是马路上的水泥管？这都是头等大事。

当这个需求被满足之后，紧接着就是安全的需求了。你有了吃有了住，你今天的生命就有了保障，可是如果你被其他的人、动物或是自然界的恶劣条件所侵犯，你远期的生命就陷入水深火热之中了。因此，一旦温饱不成问题，人马上就会考虑安全系数。这一点，如果你不相信，尽可以放眼看去。马上能看到富人区戒备森严的保安和世上风行的形形色色的自卫器械。当你从一个熟悉的环境换到一个新环境，那种不安和紧张、与陌生人交谈时的畏葸和不自在……都从另一个方面证实了安全对人的重要性。

现在我们已经到了金字塔的第三个台阶。在这个台阶上大大地写着"爱"。这不仅仅是男女之爱、亲子之爱、手足之爱……这些源于血缘和繁衍的爱意，还有同伴之爱、集体之爱、祖国之爱、民族之爱、文化之爱……总之，这里所提到的"爱"，有着宽泛的含义，但它是那样不可或缺，是人类精神活动的高级需求。我们常常说，一个不懂得爱的人，是灰暗和孤独的。也就是说，人的精神需求如果不能完成这种超越和提升，就是饱含瑕疵的半成品。

爱之高处，就是尊严感了。人是一种特殊的动物，人是有尊严感的。一条虫子可以没有尊严，一株树木可以没有尊严，但是一个人，不能这样。如果丧失了尊严感，那就不是一个完整的人了。中国的古话里有"不吃嗟来之食"，有"士可杀不可辱"，有"君子一言，驷马难追"等，讲的都是尊严的问题。

在金字塔的最高点，屹立着自我价值的追求和实现。什么是自我价值的最高体现——那就是充满了创造性的劳动。我以为劳动是有高下之分的，不是指在价值层面上，而是指在带给人由衷喜悦的程度上。

你可以想象并同意，一个科学家在得不到任何报酬的情况下，不倦地研究某一个与现实相隔十万八千里的学术问题，比如"哥德巴赫猜想"，为自己换不到一块窝头，但毫无疑问，陈景润乐在其中。

你基本上不能同意一位老农在得知三年没人收购麦子的情况下，在自己够吃之外还会不辞劳苦地广撒麦种。在前者中，创造性的劳动里面蕴含着强大的挑战和快乐，而在后者中，则充斥着重复性劳动的艰辛和疲惫。

人类精神需求的金字塔，从某种意义上讲，是一种铁律，几乎是不可逃避的。

当然，我们不能想象一个人在自己的温饱都得不到保障的时候，能够像斯蒂芬·霍金那样去研究宇宙大爆炸这样的问题。这也就是鲁迅先生所说的——"我们目下的当务之急，是：一要生存，二要温饱，三要发展。"有一个顺序，有孰先孰后的问题。在解决了温饱和安全这些最基本的生存需求之后，你必定要不满足，你必定要有新的追求。

人类精神发育的法则你是绕不过去的。你吃得饱了，你睡得暖了，你有大房子了，你安居乐业了，你很有安全的保障了。可是，我敢说，在心底最深邃的地方，你有火焰一样的躁动，如果无法满足它，你就没有恒久的快乐。

让我们回到本文开端所引用的马斯洛的那段话。你以为你逃避了风险，你以为你躲避了责任，你以为你成功地掩饰了自己的才华，你以为你心甘情愿地收敛包裹自己，你就可以在人们的艳羡之中，安安稳稳地过此一生了吗？

我相信你可以用奢华的装备和风流倜傥的举止，成功地欺骗几乎所有的人，包括你的至亲至爱之人，但是，每每月朗星稀之时，你永远欺骗不了的一个人，就会在你独处的时候，顽强地站在你的面前，拷问你，鞭挞你，谴责你，纠正你……这个人不是别人，正是你自己！

由于每一个人都是那样的与众不同，由于你所具有的内在生命力一直在熊熊燃烧，所以，当你完成了自己人生的台阶之后，你就要向上攀登。你只有在这种不倦的探索中才能丰富自己的人生，才能得到生命的欢愉，才感到自己内在的充实和价值。

人是追求创造性快乐的动物，如同飞越大洋的候鸟依靠内置的脑内罗盘来导航一样，我们的内在驱动力掌控着我们的一系列选择和决定。你这一生将成为怎样的人？在你的价值体系里，顺序是怎样的？这些看起来很浩大、很空茫的标准，实际上很细致地决定着我们的工作、学习、生活的各个层面。

记得我在北大演讲的时候，有人递上来一个纸条，上面写着："我智商很高，从小到大一直是班干部，考上北大更证明了我的实力。只要我愿意，继续读硕士和博士都不成问题。我选择金钱作为我一生奋斗的大目标，您看怎样？"

我把这个纸条念了。我说我很感谢这位同学对我的信任，我说人生的价值是多元的，以金钱为自己终生的奋斗目标的人，也大有人在。但我以为，金钱只是手段，在它之后，还有更为深远的目标在导引着你。

如果你唯钱是图，那么，你的周围将没有真正的朋友。

因为古往今来已经无数次地证明了，在金钱的旗帜下，会聚拢来很多无耻小人。

同时，你很可能得不到真正的爱情。因为爱情可以被金钱所出卖，却不可以被金钱所购买。那个爱上你的人，有可能不是爱你本人，而是爱上了你的信用卡。如果你把金钱当成证明你的自我价值的工具，我要说，除了单一和狭隘，还有一种盲从。你用世俗的标准代替了内在的准星。

我翻阅了几期《华融之声》，看到了华融人的志气和理想。有个人谈到从工商银行调到华融来的理由，最主要的是期望自己的能力得到更好的发展。我觉得这是很好的理由，是内心和外在的统一，是朝着自我实现方向的迈进。

当然了，自我实现的路，绝不会是一帆风顺的。我们常常会遭遇到挫折和失败。但人生的价值并不在于永远是胜利和成功的，而在于在这个过程当中，我们得到了独一无二的、属于自己的体验。

在生存之道解决之后，在工作中得到乐趣，就是一个极好的选择。要知道，我们每个人一生用于工作的时间，大于七万小时。可不要小瞧了这七万小时，如果你是在快乐和创造中，你是在寻找自我价值的挑战中，你的人生就会过得很充实。如果你只是为了更多的钱、更宽敞的房子、更多的应酬和名声上的虚荣，你将在七万小时甚至更多的时间里，委屈着自己，扼杀着自己，毁灭着自己的自由。

我在美国印第安人的保留地遇到一位印第安心理学家。她说，在我们古老的印第安人那里，有一个风俗，即使自己的温饱没有解决，我们也会用自己的食物拯救他人。因为，对我们来说，帮助别人是精神的传统。

她说，我并不是要挑战马斯洛，我只是说，精神有时比肉体更重要。这是那位印第安心理学家最后留给我的话。

心理学教授的弟子

心理学教授说，几乎世上所有的事，都可以划分成"苦大仇深型"和"欢喜型"。

一位心理学教授，在录取报考她研究生的学生时，勾掉了得分最高的学生，取了分数略低的第二名。有人问，你是不是徇私舞弊或是屈服于什么压力，才舍高就低？

她说，不是。我在进行一项心理追踪研究，或者说是吸取教训。

她是德高望重的学者，在专业范畴内颇有建树，别人一定要她讲讲录取标准。她缓缓地说，我已经招了多年的研究生，好像一个古老的匠人。我希望我所热爱的学科在我的学生手里发扬光大。老一辈毕竟要逝去，他们是渐渐黯淡下去的苍蓝。新一辈一定要兴旺，他们是渐渐苏醒过来的嫩青。但选择什么样的接班人呢？我以前总是挑选那些得分最高、看起来兢兢业业、学习刻苦、埋头苦干、像鸡啄米一样片刻不闲的学生，我想唯有因为热爱，他们才会如此努力取得优异的成绩，因此，他们应该是最好的。我在私下里称他们为"苦大仇深型"的学生。

许多年过去了，我有从容的时间，以目为尺，注视他们的脚步，考察他们的历史，以检验当年决定的命中率。

我发现自己错了。在未来的发展中最生龙活虎、最富有潜质，并且宠辱不惊，成为真正的学科才俊的是那样一种人——他们表面上像狮子一样悠闲，甚至有点漫不经心和懒散。小的成绩并不能鼓励他们，反而让他们有种藐视般的淡漠。对于导师的指导和批评，往往矜持而有保留地接受，使得他们看起来不是很虚心。多少有些落落寡合，经常得不到众口一词的称赞。失败的时候难得气馁灰心，几乎不需要鼓励。辉煌的时候也显不出异样的高兴，仿佛对成就有天然的免疫力。他们的面部表情总是充满孩子般的好奇，洋溢着一种快乐，我称之为"欢喜型"。

苦大仇深型的学习者，主要是为了改善自己的生存状态，追求科学知识给自身带来的优裕与好处。一旦达到目的，对于科学本身的挚爱就渐渐蒸发，代之以新的、更敏捷的优化生存状态的努力。作为一种生活方式的选择，这种做法自然无可厚非，但作为学业继承者，他们则不是最好的人选。

欢喜型的学习者，也许一开始他们走得不快，脚力也并不显出格外的矫健，但心中的爱好犹如不断喷发的天然气，始终燃烧着熊熊的火焰，风暴无法将它吹熄。在火光的引导下，欢喜型的人们边玩边走，兴趣盎然地不断攀登，绝不会因路边暂时的风景而停下脚步，直到高远的天际。

心理学教授说，几乎世上所有的事，都可以划分成"苦大仇深型"和"欢喜型"。比如读书，若是为了一个急切的目的而读，待事过境迁，就会与书形同路人。如果真当爱好喜欢，就会永远将书安放枕边，梦中也要与书相会。

布雷迪的猴子

行动比单纯的等待更有力量。

当心理医生的朋友，给我讲过一个故事——布雷迪的猴子。

布雷迪不是一座山，也不是一片茂密的原始森林，而是一位科学家的名字。

那是一个晴朗的日子，两只猴子各自坐在它们的椅子上，像平常一样开始了生活。但宁静仅仅维持了片刻，20秒后，它们猛地同时遭到一次电击。这当然是不愉快的感受了，猴子们惊叫起来。

被仪器操纵的电源，毫不理睬猴子们的愤怒，均匀恒定地释放电流，每20秒准时释放一次。猴子们被紧紧地缚在约束椅上，藏没处藏，躲没处躲，只得逆来顺受。

但猴子不愧为灵长目动物，开始转动脑筋。很快，它们发现各自的椅子上都有一个压杆。

甲猴在电击即将来临的时候掀动压杆,电击就被神奇地取消了,它俩也就一同逃脱了一次痛苦的体验。

乙猴也照样掀动压杆。但很可惜,它手边的这件货色是摆样子的,压与不压,对电击没有任何影响。也就是说,乙猴在频频到来的电击面前,束手无策。

实验继续着。甲猴明白自己可以操纵命运,它紧张地估算着时间,在电击即将到来的前夕,不失时机地掀动压杆,以避免灾难。当然,它有时成功,有时失败。成功的时候,它俩就有了短暂的休息,失败的时候,它们就一道忍受电流的折磨。

时间艰涩地流淌着,实验结果出来了。在同等频率、同等强度电流的打击下,那只不停掀动压杆疲于奔命的甲猴,由于沉重的心理负担,得了"胃溃疡"。那只听天由命无能为力的乙猴,安然无恙……

假如是你,愿做布雷迪实验里的哪一只猴子?朋友问。

我说,我是人,我不是猴子。

朋友说,这只是一个比方。其实,旋转的现代社会和这个实验有很多相同之处,频繁的刺激接踵而来,人们生活在目不暇接的紧张打击之中。大家在拼命地预防伤害,采取种种未雨绸缪的手段。殊不知某些伤害正是在预防之中发生的,人为的干预常常弄巧成拙、适得其反……所以,人们有时需要无奈，需要阿Q，需要随波逐流，需要无动于衷、听其自然……

我说，我对于这个心理学的经典实验没有发言权。如果布雷迪先生只是借此证明强大的心理压力可以致病，无疑是正确的。

停了一会儿，我对她说，你刚才问，假如是我，会在猴子中做怎样的选择。经过考虑，我可以回答你——我愿意做那只得了"胃溃疡"，仍在不断掀动压杆的猴子。

朋友惊讶地笑了，说，为什么？她问过许多人，他们都愿意做那只无助却健康的猴子。

我说，那只无助的猴子健康吗？每隔20秒准时到来的电击，是无法逃脱的、不以个人意志为转移的恶性刺激，日复一日，终有一天会瓦解意志和身体，让它精神失常或者干脆得上癌症。

它暂时还没有生病，那是因为它的同伴不断地掀动压杆，为它挡去了许多次打击。在别人的护翼下生活，把自己的幸运建立在他人的辛苦与危险中，我无法安心与习惯。

再说那只无法逃避责任的甲猴，既然发现了可以取消一次电击的办法，它继续摸索下去，也许能寻找出更有效的法子，求得更长久的平安。掀下去，拖延时间，也许那放电的机器会烧坏，通电的线路会折断，椅子会倒塌，地震会爆发……形形色色的意外都可能发生，只要坚持下去就有希望。

一百种可能性在远方闪光，避免一次电击，就积累了一次经验。也许实践会使它渐渐熟练起来，心情不再紧张悲苦，只把掀动压杆当成简单的游戏……不管怎么说，行动比单纯的等待更有力量。一味地顺从与观望，办法绝不会从天上掉下来。

　　当然，最大的可能是无望，呕血的猴子无奈地掀动压杆到最后一刻……即使是这样，我也绝不后悔。

　　因为——

　　假如我和那一只猴子是朋友，我愿意把背负的重担留给自己。

　　假如我和那一只猴子是路人，我遵照我喜爱探索的天性行事。

　　假如我和那一只猴子是敌人，我会傲然地处置自己的生命，不在对方的庇荫下苟活。

　　所以，天造地设，我只能做那只得"胃溃疡"的猴子了。

你是百分之三吗

人格对职业的影响力，远远不及兴趣。

　　如果有一天，你说：这份工作给予我高峰体验，让我得到了很大的乐趣，更不可思议的是，还让我得到了金钱。那么，恭喜你。你把自己的兴趣和对公众的服务结合到了一起。据说能够做到这一点的人，只占整个人口的百分之三。

　　不要小看了工作。工作是让我们觉得生命有意义的重要组成部分。如果你只把工作当成赚钱的工具，那么，你就丧失了人生极大的乐趣。一份喜爱的工作，让我们具有了使命感，给了我们身份，是我们应答社会召唤的方式。我们的潜能得以在一个公共的平台上发挥，我们回报了社会，我们的内心已收获了满足。

　　每样工作都有快乐，同理，每样工作也都有苦恼。现在的问题是——这快乐是否相宜于你？快乐也是有质量高下、持续长短之分的。有的快乐，只是好奇，当你知晓了其中的秘密时，快乐就转变成了厌倦；有的快乐，却如醇酒，时间越长，你越感知到醉人的芳香。谈到苦恼，这可要认真琢磨一番。相比之下，苦恼比快乐更重要，因为这是你的底线。你是否可以接纳持之以恒的苦恼？你对苦恼的容忍程度到底怎样？你能容忍的时间是多久？你能为此做出多少改变呢？

人格对职业的影响力，远远不及兴趣。你要尽量拓展对某一行业的了解：它是什么？它做什么？它的行规是什么？这不是一项简单的功课，要知道，现在有超过两万种职业在地球上存在。每一个行业都有行规，你如果不了解行规，贸然入行，很可能会受不了。你不懂得游戏规则，游戏就会给你焦虑和压力。

行业里也有许多潜规则，你可曾知晓？我知道有一些潜规则是上不得台面的，但多少年来，它们一直在那个行业的激流之下存在着。如果你要接受这个行业，你就要了解它的全部：桌面上的和桌面下的。如果你有精神的洁癖，就要远离某种潜规则。你不可能一边控诉着，一边利用着，那你本人也成了潜在水面下的生物。

当你尝试着做一件充满创造性的工作时，应当更相信你无微不至的直觉，不必掺杂过多的理智。因为理智通常是通过已有的经验来作判断的，但这一次，过多的理智只会充当刺客。

由于工作价值与生命意义的联系陷落和崩裂，现代的人们常常伸手不见五指地迷茫。工作占去了青葱岁月、豆蔻年华，让人投入心血，殚精竭虑。当我们不再能从工作中找到快乐和意义的时候，负面的力量会来得如此之大，决然超过了我们的预期。然而，工作里越是找不到幸福感，我们越要去寻找它。这就形成了最凶险的悖论。

听过这样一句名言：世界上最幸运的人，是找到一份工，他不用工作。这话有一点点拗口，说白了就是你能把工作变成玩耍的一部分，在你工作的时候，完全不觉得这是被迫的事情，而是发自内心的喜爱。

工作就是爱自己、爱社会，是混合着生活品质和成就感的一杯鸡尾酒。如果你仅仅把工作变成了养家糊口的营生，那就不单对不起自己，也对不起工作。

工作是可以换的，但事业不会换。事业给生涯一个方向。事业是持续的，是和人生观、价值观挂在一起的。生涯更是一个宽广的概念。这就是工作和事业的不同。如果你能把工作和事业熔炼在一起，那就"天人合一"了。

所有的工作，都有它的神圣性，都有喜欢它的人存在着。要力争把你的工作变成你的兴趣所在。这是一种纯美的境界。你做这件事，这件事让你快乐，让别人感到有帮助，人家还付酬金给你，你说这是不是多方共赢、皆大欢喜呢？这样的事，从天上掉下来的时候，固然是有的，但肯定概率极低。所以，你要用心去寻找，以求达到幸福的高峰——有点像结婚。

首选护林员

一个人的职业，如果能和爱好契合，将是怎样的幸福。

我有一套表格，是根据一个人的性格爱好才能本领等特征，预测其职业选择趋向。当然，结果仅供参考。朋友们知道了，有时会说，嗨，把你那沓表借咱使使，看看天生来是从事何种职业的料子，现在还有没有转轨变型的可能性了。我嫌麻烦，就说，人家外国一般都是给大学毕业生或待业青年找工作时才做这种测验，您都七老八十的喽，不说事业有成，也算轻车熟路了。怎么着，还真想重打鼓另开张啊？再说啦，这种表格，是外国人设计的，统计数据也是外国的，简单移植过来，不一定准的。

我劝阻。但是，几乎没有一个人收回他们的要求，坚持着，从请求到恳求，甚至——哀求（假装的），直到我答应。我从中惊奇地发现——现今社会中，有把握确认所从事的工作，正是自己的爱好和擅长的人，少得令人叹息。现代人对于职业，普遍在一种不肯定、不确信的状态中游弋，懵懂茫然，期待着来自外界的确认或是改变。

测验结果，众人瞠目。

一位优秀企业家，他的最佳职业选择是动物学家。

一位兢兢业业的公务员，所得结果是民间艺人。

一位电脑工程师，竟是农场主。

一位警察，干脆提示他可以试试做个神职人员。

……

凡此种种，南辕北辙，有的还不符合国情，闹得我对该表很没几分信心了。朋友们的反应，更叫人难琢磨。不摇头也不点头，讪讪的，淡淡的。更有甚者，神鬼莫测地笑笑，一反当初的诚恳和迫切，环顾左右而言他。好似我辛辛苦苦做出的结果，和他不相干。

次数多了，我也意兴阑珊。一天，一位很要好的朋友又求做这个表。我懒懒地说，做，可以。只是我做完了之后，无论那结果怎样地出乎你意料，你都得把真实想法告诉我。她想了有 25 秒，说，好！

她是一间律师楼的合伙人。早年我一听到"合伙人"这个词就想笑，觉得像开一家卖瓜子的小杂货店。这两年，不敢笑了。朋友在业内已声名卓著，物质也大大丰富了，出入香车，我到她郊外巍峨的别墅看过银河（北京城里通常是看不到星星的）。

用处理法律文书的严谨和节奏，她填完了表格。测验完成之后，我先检查了两遍，然后盯着她问，还记着咱俩的约定吧？

她敲敲自己的头说，律师的脑壳，是电脑加文件柜。

我说，你可以兑现了。

我把测验结果递给她。在职业选择的顺序表上，赫然列着——首选护林员。

寂静。我和她之间，犹如隔着一片烈火焚烧过的旷地，没有林涛也没有鸟鸣。我说，反悔了是不是？我也不明白，怎么得出了这个结果，你是多么出色的律师啊。我见过你出庭，唇枪舌剑胜似信马由缰。最大的可能性，是这个表错了。

女律师看着我，目光好似在看一个嫌犯。她用我从来没听过的声调缓缓说，哦，那表，没错。错的是我曾经的选择。刚才那一刻，只有一个念头，就是想掉眼泪。滚滚红尘中，没人知道我的心。包括我的父母、我的丈夫。远远的异国，却有一张不知何人打造出的表格，直穿我胸襟，让我和我的灵魂，有了一个突然而痛楚的接触，才知道这一生的真爱，百般打压之下，依然安在。我愿被遮天蔽日的绿色掩埋，喜欢与世隔绝的静谧和万古不变的安详。在与人屏蔽的大自然里，听蚯蚓爬过蘑菇根和蝴蝶须子拍破露珠的声响……我从来没对任何人说过这心愿，以为成功地将它谋杀在少年时代。没想到，它如此鲜活地蛰伏在我内心最幽暗的水塘里，直到这张表，钓它到阳光下。我每天忙着，为了许许多多的利益和功名，至今没有机缘走入原始森林一步。我能为树木所做的唯一的事，就是节省几张复印纸。喔，护林员，多好听的名字啊！念起它的时候，喉头充满了松脂的爽滑，连肺也像白纱裙一样鼓胀开来，可惜，我吸进的依然是城市中锈过千百次的废气……

轮到我不知如何回应，唯有沉思。

方明白一个人的职业，如果能和爱好契合，将是怎样的幸福。如果背道而驰，不管他依仗智力的超拔和人格的卓绝，凭借外力的援送和机遇的佳美，到达怎样精彩的高度，他内心总不能无拘无束地快活。一个苦苦的祈盼，在沉沉的掩埋下，历久弥坚。如同 3000 年的古莲子，在枯燥中黑暗地坚守，期待有朝一日冲决而出，重张花朵。

你何时回你的森林？分手时我问。特别用了"回"这个字眼。那儿是她心灵的家园。

眼前这个忙法，等退休以后了。她捋捋满头的青丝，苦笑着说。又补充一句，找的人这么多，只怕退了也安生不下来。只有一个办法，把骨灰撒在白桦树下。

魂灵也要看守森林。上车时她说。

寻觅危险

在我们的生命里面，寻觅安全是集体无意识的表现。

在心理学家马斯洛先生的需求层次金字塔模型里，安全感是人类的基本需求之一。

记得在日本访问时，我很惊讶普通民居的构造单薄。尤其是海边的房子，好像纸扎的灯笼一般轻而蓬松，叫人怀疑稍大些的海风就会把墙壁吹个窟窿。

我问日本人："你们这里多地震、多火山、多海啸什么的，如此稀松的房子怎么抵御灾难，岂不是太不安全了吗？"

日本人回答："正是因为多灾，我们的房子才造得很轻，一旦倒塌也不会把人压死、砸死，比钢筋铁骨的建筑反倒多一分安全。就像薄薄的鸡蛋壳，小鸡很容易钻出来，它看起来不安全，其实倒是很安全的。"

真叫人无话可说。

那年风传地震，我为自己和家人的安全焦虑，特向一位专事地震研究的朋友请教。她告诉我："地震发生的时候，你赶快跑到家中房屋的承重墙交叉的地方，那里通常比较坚固，即使倒塌也会有小的支撑空间可供躲避，以待救援。"此秘诀闹得我和先生像两个蹩脚的工程师，在自己家中四处逡巡，彼此还有意见分歧。他说这堵墙承重，我说可能是那一堵，吵得谁也不服谁，只好又向朋友讨教。她说："你们可以找到当年施工部门的图纸，对照辨认，岂不最有权威性？"这法子好是好，但实在太麻烦，只好不了了之。朋友是个尽责的人，后来又过问此事，我如实相告，朋友说："告诉你一个简单的法子，一旦山摇地动，你就躲到房屋内的卫生间，那个角落比较安全。"从此我牢牢记住这一救命宝典，很长时间，一进卫生间就敬畏有加，觉得在未来的某一天，全靠它的庇护啦！

后来我到了唐山，有一位大地震中的幸存者谆谆告诫我，大地震时要飞快地蹿到凉台上，这样可以在随后的余震中被甩到室外，安全系数较大。他当年就是如此才保住性命的，而他躲在房中的家人全部遇难。

我于是想象自己倘若遇到震灾，可能会在卫生间和凉台之间上蹿下跳，坐失宝贵时间。

坐汽车，我因为晕车总好坐在前面，但屡屡被人指点，只有司机后面的座位才是全车中最安全的地方。因为车祸的统计数据表明，在危急时刻司机会下意识地保护自己，他所采取的紧急措施对自己的位置最为有利。我觉得这一提议背后有一个相当微妙甚至龌龊的前提，那就是司机以本能保护自己，而你坐在司机后面，以他的身躯作为你的"血肉长城"……

灾难时，到哪里最安全？我只做过如此不完善的小小调查，已是众说纷纭，看来"安全"是个永恒的题目。在我们的生命里面，寻觅安全是集体无意识的表现。

我敬佩那些在危急时刻抛却自身的安全，奋勇地冲向危难的勇士，此举不仅展现了高尚的道德和情操，更是人类战胜自己天性的壮举。

比如消防人员扑向火海、攀登危楼、处置易燃易爆物品时的临危不惧，比如路人潜入冰水拯救溺水者时的奋不顾身……无论是对于职业人员还是对于见义勇为的普通公民，我相信，在那一瞬，都有生命本能的召唤和人生价值的实现碰撞的火花。

如果为了一己的安全，自然要远离危险。我们的每一根头发、每一滴血液都会命令我们这样做。人类的进化使得躲避危险、寻觅安全几乎成了我们与生俱来的能力。但是，为了他人的安全、为了崇高的职责、为了追求和理想、为了一种凌越本能的超拔，有些人舍弃安全、寻觅危险……这样的人，达到了人的自我实现的顶峰，找到了本能之上的高贵的尊严。

编写一本自己的历史

你自己的历史，也是你最好的老师。

过去影响了你的现在。如果不加以清理，它们必将以强大的方式影响你的将来。而你对此却几乎一无所知，这有一点像盲人骑瞎马，夜半临深池。

这个话题，基本上还是在潜意识的框架之中。我们常常学习世界历史，学习中国历史。到一个风景区，会听人讲这座庙的历史，这条河的历史……可见历史是多么重要。

你可认真地梳理过你自己的历史？

有哪些重要的事件影响过你？

有哪些重要的人物让你刻骨铭心？

你已经有过哪些重大的转折？它们的起因是什么，是如何发生发展的，使你的命运发生了怎样的改变？这其中有哪些规律性的东西？你如果能够重新选择，还会做相同的决定吗？

编写一本自己的历史。不一定要白纸黑字，但一定要心中有数。

　　历史的经验值得注意。这是一位伟人讲过的话。不但对一个国家、一个民族是这样的，对一个人来说，你自己的历史，也是你最好的老师。

写下你的墓志铭

一个人年轻的时候就思索死亡，和他老了才思索死亡，甚至死
到临头都不曾思索过死亡，是完全不同的境界。

　　那一年，我和朋友应邀到某大学演讲。关于题目，校方
让我们自选，只要和青年人的心理有关即可。朋友说，她想和
学生们谈谈性与爱。这当然是一个极为重要的问题，只是公
然把"性"这个词，放进演讲的大红横幅中，不知校方可会
应允？变通之法是将题目定为"和大学生谈情与爱"，如求诙
谐幽默，也可索性就叫"和大学生谈情说爱"。思索之后，觉
得科学的"性"，应属光明正大范畴，正如我们的老祖宗说过
的"食色性也"，是人的正常需求和青年必然遭遇之事，不必
遮遮掩掩。把它压抑起来，逼到晦暗和污秽之中，反倒滋生蛆
虫。于是，朋友就把演讲题目定为"和大学生谈性与爱"。这
期间我们也有过小小的讨论，是"性"字在前，还是"爱"字
在前？商量的结果是"性"字在前。不是哗众取宠，而是觉得

这样更符合人的进化本质。

　　感谢学校给予我们的信任和支持，朋友的演讲题目顺利通过了。但紧接着就是，我的题目怎样与之匹配？我打趣说，既然你谈了性与爱，我就成龙配套，谈谈生与死吧。半开玩笑，不想大家听了都说"OK"，就这样定了下来。

　　我就有些傻眼了。不知道当今的年轻人对"死亡"这个遥远的话题是否感兴趣？通常人们想到青年，都是和鲜花绿草、黑发红颜联系在一起，与衰败颓弱、委顿凄凉的老死似乎毫不相干。把这两极牵扯到一处，除了冒险之外，我也对自己的能力深表怀疑。

　　死是一个哲学命题，有人戏说，整个哲学体系就是建立在死亡的白骨之上的。我深知自己不是一个哲学家，思索死亡，主要和个人惧怕死亡有关。我在四五岁时，一次突然看到路上有人抬着棺材在走。我问大人，这个盒子里装着什么？人家答道，装了一个死人。当时我无法理解死亡，只觉得棺材很小，一个人躺在里面，蜷起身子像个蚕蛹，肯定憋得受不了……于是小小的我，产生了对死亡的惊奇和混乱。这种惊奇和混乱使我在相当长一段时间内对死亡很感兴趣。我个人有着数十年从医经历，在和平年代，医生是一个和死亡有着最亲密接触的职业。无数次陪伴他人经历死亡，我不可能对这种重大变故无动于衷。还有很重要的一点，就是我十几岁就到了西藏，那里严酷的自然环境和孤寂的高原冰川，让我像个原始人似的，思索着人从哪里来、要到哪里去这类看似渺茫的问题。

反正由于我脱口而出的一句话，演讲题目就这样定了下来，无法反悔。我只好开始准备资料。

正式演讲的时候，我心中忐忑不安。会场设在大礼堂，两千多座位满满当当，过道和讲台上都有学生席地而坐。题目沉重，我特别设计了一些互动的游戏，让大家都参与其中。

演讲一开始，我进行了一项民意测验。我说，大家对"死亡"这个题目是不是有兴趣，我心里没底。我不知道有多少人在看到这个题目之前，思索过死亡？

此语一出，全场寂静。然后，一只只臂膀举了起来，那一瞬，我诧异和讶然。我站在台上，可以综观全局，我看到几乎一半以上的青年人举起了手。我明白了有很多人曾经认真地想过这个问题，比我以前估计的比例要高很多。后来，我还让大家做了一件事——书写自己的墓志铭。有几分钟的时间，整个礼堂安静极了，谁要是那一刻从外面走过，会以为这是一间空室，其实数千莘莘学子正殚精竭虑思考人生。从讲台俯瞰下去（我其实很不喜欢这种高高在上的讲台，给人以压迫之感。我喜欢平等的交谈。不单在态度上，而且在地理位置上，大家也可平视。但校方说没有更合适的场地了），很多人咬着笔杆，满脸沧桑的样子。我很抱歉地想到，这个不祥的题目，让风华正茂的青年人提前——老了。

大约五分钟之后，台下的脸庞如同葵花般地仰了起来。我说："写完了吗？"

齐声回答："写完了。"

我说："好，不知有没有哪位同学，愿意走上台来，面对着老师和同学，念出自己的墓志铭？"

台下出现了一片海浪中的红树林。我点了几位同学，请他们依次上来。但更多的臂膀还在不屈地高举着，我只好说："这样吧，愿意上台的同学就自动地在一旁排好队。前边的同学讲完之后，你就上来念。先自我介绍一下，是哪个系哪个年级的，然后朗诵墓志铭。"

那一天，大约有几十名同学念出了他们的墓志铭，后来，因为想上台的同学太多，校方不得不出动老师进行拦阻。

这次演讲，对我的教育很大。人们常常以为，死亡是老年人才需要考虑的问题，这是误区。人生就是一个向着死亡的存在，在我们赞美生命的美丽、青春的活力的时候，我们其实就是肯定了死亡的必然和老迈的合理性。试想一下，如果没有死亡，地球早就被恐龙霸占着，连猴子都不知在哪里哭泣，更遑论人类的繁衍！

我们每个人一出生，生命之钟的倒计时就开始了。当我写下这些字迹的时候，我就比刚才写下题目的时刻，距离自己的死亡更近了一点。面对着我们生命有一个大限存在这样一个残酷的事实，无论是年老和年轻，都要直面它的苛求。

现代生活节奏越来越快，我们独处的空间越来越逼仄，思索的时间越来越压缩。但死亡并不因为我们的忙碌而懈怠，它步履坚定地、持之以恒地向我们走来。现代医学把死亡用白色的帏帐包裹起来，让我们不得而知它的细节，但死亡顽强前进，它是无所不能的，没有任何力量能够抗拒它。

一个人年轻的时候就思索死亡，和他老了才思索死亡，甚至死到临头都不曾思索过死亡，是完全不同的境界。

知道有一个结尾在等待着我们，对生命的宝贵，对光明的求索，对人间温情的珍爱，对丑恶的摒弃和鞭挞，对虚伪的憎恶和鄙夷，都要坚定很多。

那天在礼堂的讲台上，有一段时间，我这个主讲人几乎完全被遗忘了，一个又一个年轻的生命为自己设计的墓志铭，将所有的心震撼。

有一个很腼腆的男孩子说，在他的墓碑上将刻下——这里长眠着一位中国籍的诺贝尔奖获得者。

台下响起了热烈的掌声。我想，不管他一生中是否能够真正得到这个奖，他的决心和期望，已经足够赢得这些掌声。

一个清秀的女孩子说，她的墓志铭将只有一行字：一位幸福的女人。

还有一个男生说，他的墓志铭会写着——我笑过，我爱过，我活过……

这些年轻的生命，因为思索死亡而带给了自己和更多人力量。

历经无数生命的演变，才有了我们的个体。在这一点上，我们不单要感谢我们的父母，而且要感谢我们的祖先，感谢地球，感谢进化所走过的漫漫历程。当我们有了生命之后，我们在性的基础之上，繁衍出了爱。爱情是独属于人类的精神瑰宝，它已从单纯的生殖目的，变成了两性身心融会的最高境界。然而在这一切之上，横亘着死亡。死亡击打着生命，催促着生命，使我们必须审视生命的意义。

后来，我还在一些场合做过相关的演说。我在这里抄录一些年轻人留下的墓志铭，他们让我进一步认识到了讨论死亡对于一个健康心理的建设，是多么重要。

"这里安息着一个女子，她了结了她人生的愿望，去了另外的世界，但在这里永生。她的一生是幸福的一生、快乐的一生，也是贡献的一生、无憾的一生。虽然她长眠在这里，但她永远活着，看着活着的人们的眼睛。"

"高尚是高尚者的通行证。"

"我不是一颗流星。"

"生是死的开端，死是生的延续。如果我五十岁后死去，我会忠孝两全，为祖国尽忠，为父母尽孝。如果我五年后死去，我将会为理想而奋斗。如果我五个月后死去，我将以最无私的爱善待我的亲人和朋友。如果我五天后死去，我将回顾我酸甜苦辣的人生。如果我五分钟后死去，我将以最美的微笑送给我身边的朋友。如果我五秒钟后死去，我将向周围所有的人祝福。"

怎么样？很棒，是不是？

按照哲学家们的看法，对死亡的发现，是个体意识走向成熟的必然阶段。一个人的心理健康，更是和他的生命观念、死亡观念息息相关。你不能设想一个对自己没有长远规划的人，会有坚定、健全、慈爱的心理。

如果说在以上有关死亡的讨论中，我对此还有什么遗憾，就是年轻人普遍把自己的生命时间定得比较短。常有人说，我可不喜欢自己活太大的年纪，到了四五十岁就差不多了。包括现在有些很有成就的业界精英，撰文说自己三十五岁就退休，然后玩乐。因为太疲累，说说玩笑话，是可以理解的。但认真地规划自己的一生，还是要把生命的时间定得更长远一些，活得更从容，面对死亡的限制，把自己的一生渲染得瑰丽多彩。